JN057889

5億円横領された社長のぶっちゃけ話

神行武彦
元建設会社社長

清談社
Publico

5億円横領された社長のぶっちゃけ話

はじめに

私が「ミッキーハウス事件」の真相を語る理由

「主文。被告人を懲役四年六月(ろくげつ)に処する」

二〇一九年四月八日。神戸(こうべ)地裁第一刑事部の神原浩(かんばらひろし)裁判官がこう言い渡すと、「あの女」は髪に手をやり、ペロリと舌を出した。

「ヘヘッ、やってもた……」

そんな声が聞こえてきそうだった。

傍聴していた私はあきれ果て、怒る気力もなかった。

「あの女」とは、栄緑(さかえみどり)（以下、栄。当時五十六歳）である。

私が社長を務めていた株式会社神和商事（現在は代表を外れているが、以下、便宜的に「私の会社」と記す）と関連会社で五億円もの横領事件を起こし、二〇一八年十月に逮捕、起訴されていた。

栄は、横領の発覚後に離婚して旧姓に戻っており、報道などでは旧姓の「北村緑」となっている。

だが、この横領事件には、法律上は「前夫」となったKも加担しているはずである。離婚はKが債務を免れるためのいわば偽装であり、この夫婦は今も一体だと思っている。

だから、本書でも、私は「栄」、そして「栄夫婦」という呼称を使うことにする。

私の会社と関連会社の有限会社U、有限会社Cの役員だった栄は、二十年近くにわたって会社のカネを着服し続けていたのである。

神戸地検特別刑事部が裏づけを取って起訴したのは、約一億円の被害であったが、私は最低でも五億円は横領されたと思っている。

公判でも検察は「起訴内容のほかにも、約十三年間にわたって横領を繰り返し、ルイ・ヴィトンなど高級ブランド品の購入に二億円以上を使っている」としながら、起訴することはなかったのが残念である。

私と会社が把握しているだけでも、検察が指摘した高級ブランド品の爆買(ばくが)いのほか、家族や複数の愛人との高級店での外食、愛人との不倫旅行、愛人のための新会社の設立、さらには栄夫婦らが暮らしていたK名義の家のリフォーム工事などに会社のカネが使われていた。

高額の鮨(すし)やステーキを爆食し、一泊三十万円以上する東京ディズニーランドのホテルに泊まり、一千万円以上をかけて愛人に新会社をつくり、夫の名義の自宅のリフォームには一千万円ものカネをかけているのだ。

栄は、複数の愛人たちのために家まで建てている。最も話題になった「ミッキーハウス」である。

ミッキーマウスで埋めつくされた四千五百万円ほどのその家は、メディアで「キモい」「ミッキーがかわいそう」などと叩(たた)かれたことから、この横領事件は「ミッキーハウス事件」として知られるようになった。

なお、栄は横領発覚の直後にも約一千万円で兵庫県三木市内に土地を購入している。私は盗んだカネや売却していないブランド品をここに保管しているのではないかとにらんでいる。

そして、被害は横領されたカネの問題だけでは済まなかった。

業務上横領は「会社ぐるみ」の犯罪とみなされ、横領金額は「会社の売上」としてあらためて課税されるのである。

被害者は私と会社なのだが、そのために、国税の家宅捜索も受けなくてはならなかった。

それが二〇一九年十一月の私の脱税での逮捕につながることとなった。

また、「そんなに多額のカネを騙し取られるのはおかしい。社長も悪いのではないか」と世間の誹りも受け、栄を役員にしていたことで、公共事業の指名停止を受けるなど、社会的信用も失った。

たしかに会社のチェック機能が甘かったことは否定できず、反省もしている。

だが、栄が四年半の懲役ではとうてい納得できない。

神原裁判官は、判決理由で「（被告人は）生活する上で十分な収入を得ていながら、奢侈な生活を送るため、会社のみならず従業員が金銭を出し合った互助会の財産まで領得しており、犯行動機や態様は著しく身勝手である」と判じ、「被害会社代表者は被告人に厳罰を希望しているが、それも当然である」と断じた。

この「被害会社代表者」とは、私のことである。

私は心から栄の厳罰を望んだが、業務上横領の最高刑は死刑にはできない。

あの女に「斟酌すべき事情」などあるはずもなかったが、神原裁判官は検察の「懲役六年」の求刑に対して、「四年六月」とした。

その理由として、裁判官は栄が犯行の事実を認めて反省の態度を示していること、前歴がないこと、債務の返済をしようとしていることなどを挙げている。

五億円以上の被害に対して「一億円しか盗っていません」と堂々と言い切る女に、

なんの情状が必要なのか。

私には、納得できないことばかりである。


そこで、事件の経緯と私の思いについて書いてみようと思った。

かつての私もそうであったが、中小企業の経営者の多くは経理の仕事がいかに重要であるかをわかっていない。

「経理の仕事など誰にでもできる」と思い込み、自身の多忙を理由に監視を怠った代償は大きかった。

私の事件をぜひ「反面教師」に、再発防止の一助にしていただければ幸いである。

カネは経営者だけのものではない。従業員と会社、そして取引先と、社会全体のものである。

きちんと守っていかねばならない。

還暦間近になって気がついたのはちょっと遅かったかもしれないが、それを含めて、自戒とともにこの本を世に贈りたい。

なお、執筆にあたっては栄の破産管財人とも確認を取り、可能なかぎり事実関係を明らかにした。

本書に記したことは、読みやすさを優先して表記を統一したり、一部の名前をアルファベットにしたりしているが、すべて事実であり、根拠があることである。

どうか最後までお読みいただきたい。

令和三年二月一日

神行武彦（かんぎょうたけひこ）

目次
CONTENTS

第一章

第二章　起訴

第三章 裁判

第四章 奈落

第五章 逮捕

第六章 教訓

第一章 発覚

発覚前夜

それは、二〇一七年十二月に入ってすぐのころであった。

「お義父さん、ちょっといいですか？」

夕食後、自室でくつろいでいた私のところに息子の妻のMが声をかけてきた。

「おお、どうした？」

入社したばかりのMには、社内の領収証の整理を頼んでおいたところであった。

「お鮨屋さんとか、高いお店の領収証がたくさんあるんですけど……。誰が行ってるんですか？」

「何？　鮨屋の領収証？」

「はい……」

「おかしいな？　もちろん仕事の会食はあるが、そんなにしょっちゅうでもないしな」

「ですよねえ？　お義父さんは、ほとんど毎晩、晩ごはんは私たちと一緒ですからね」

いやな予感がした。

私は自分で米や野菜を育てるのが好きで、もともと仕事以外では、外食はあまりしない。

自宅での食事はもちろん、会社の従業員たちの昼食にも私がつくった米や野菜を使っている。それをみんなで食べるのだ。

女子従業員たちが交代で用意する味噌汁(みそしる)やおかずの味つけに私が文句を言うことはしょっちゅうだが、同じ会社で食卓を囲むこともコミュニケーションのひとつだと思っている。

女子従業員たちも、私に何か文句を言われたところで改めるどころか、笑ってごまかすばかりである。

仕事で他社の営業担当者たちと夜に酒席をともにすることもなくはないのだが、それほどしょっちゅうではない。

「ふーん……」

私はちょっと考えたが、考えてもわかることでもない。

「ほな、明日、会社で見るわ」

「はい、おやすみなさい」

これがきっかけで、私の会社で経理を担当していた栄の五億円以上の横領が発覚することになる。

「必ず弁償します」

「なんや、これはっ？」

翌朝、事務所でMから示された大量の高額の領収証を前に、私は怒鳴った。

地元でも有名な鮨店やステーキハウスなど高い飲食店のほか、会社の業務で使っているとは思えない化粧品や台所用品などの日用品まで、恐ろしいほどの数の領収証が出てきたのである。

すぐに主立った何軒かの飲食店に連絡し、誰が来ていたのかを確認した。

「○月○日に、おたくで○万円の食事をしてました？」

「ええと、その日は会社の経理の女性が見えてました。ご家族連れで」

聞かれた店は、躊躇をするふうでもなく答えた。

「とにかく大枚をはたくので記憶にあった」というのだ。

「……経理？」

そんなことができる経理担当者はひとりしかいない。

栄である。

私は、すぐに栄を呼んで聞いた。

「これ、お前のしわざか？」

大量の領収証を前にして、栄はちっとも動じなかった。

「はい」

こちらが拍子抜けするほどあっさり認めた。

「お前、何しょんどいや？」

「使いました」

「これ全部、会社のカネやど？」

「わかってます。必ず弁償します」

「どんだけあるねん？」

「ええと……たぶん三千万円くらいやと思います」

「三千万？」

「はい」

「マンションも買える額やど？」

「はい」

「どないすんのや？」

「必ずお返しします」

「何に使ったんや？」

「食事とか……。あとルイ・ヴィトンとかに使ったと思います」

「ルイ・ヴィトン？」

「はい」

「なんでそんなもんに使う？　会社のカネやど？」

「……必ず弁償します」

その日から今日まで誠意のある謝罪はなく、弁償も破産管財人と弁護士が進めてはいるが、五億円にはほど遠い。

それどころか収監される前に栄が盗んだカネで買ったバッグや宝石をインターネットで売却して換金している動きすらあったのだ。

この栄とのやりとりのあと、私は息子夫婦や弁護士の力を借りて、栄の約二十年にわたる横領の全容を追うことになってしまった。

栄が「使い込んだ」と白状した金額もまったくのウソであった。

三千万円どころか五億円は使い込まれていたことが明らかになったのである。

この調査には、とんでもないほど時間がかかった。

手口も巧妙で、確認作業が煩雑だったのだ。

「助けて！　社長に殺される！」

息子夫婦の力も借りて調べていくと、栄は、ありとあらゆる方法で会社のカネを食っていたことがわかった。

私の会社と関連会社である有限会社U、有限会社Cのそれぞれの口座、会社の互助会の口座に関する通帳や関連書類を見て、私は唖然とするしかなかった。

会社の預金口座のカネや取引先などから支払われたカネの直接の横領だけではなく、勝手に小切手帳をつくって振り出し、果ては嫌いな従業員のボーナスを勝手に減額して差額を横領していたのである。

やり口も巧妙で、入ったカネの一部を抜き取っているので、ちょっと見ただけでは入った金額と出た金額が合わず、確認に手間取ってしまった。

こうして調べれば調べるほど栄の使い込みは明らかになっていった。

そして、使い込みの発覚から年をまたいで二〇一八年二月に、あらためて会社で会議を開き、栄に事情を聞くことになった。

もちろん謝罪の言葉はなく、「弁償します」と繰り返すだけであった。

栄は、私や役員たちの前で「上申書」を書いた。原文どおりに掲げておく。


私は、平成11年（引用者注＝一九九九年）3月頃より、三木市内の株式会社S（引用者注＝原文は実名）の経理仕事をしておりました。現在は有限会社U（引用者注＝同前）の代表取締役となり、経理の仕事をし、主に金銭の出納を担当しておりました。

私が、会社の金銭の横領の事実が、昨年末、発覚しました。

横領を初めてしたのは、平成26年（引用者注＝二〇一四年）3月頃だったと、記憶しています。

金額は、現在、調査中ですが、合計約6000万くらいだと、記憶しています。

上記、会社の現金を横領したことには、間違いありません。

金額については弁済致します。

処分も受ける覚悟であります。

平成30年（引用者注＝二〇一八年）2月10日　北村緑

「弁済」といっても、いつまでに、どうやって……ということは明言しなかった。というか、できなかっただろう。

もちろん五億円ものカネなのだから、無理な話ではあるのだが、このときは「六千万円」と言い張り、半泣きになって逃げようとしていた。

長年にわたって高額の横領をしてきたというのに、役員たちに囲まれながら泣けば済むと思っているのだ。

当時、栄は私の会社のほか関連会社の役員も務めていたが、当然ながら解任した。

そして、厳重な監視のもとで事後処理にあたらせたが、ロクに仕事もしないまま三月五日を最後に出社しなくなった。

私たちとはまったく連絡が取れなくなったのである。

のちに連絡してきた栄の代理人のT弁護士（兵庫弁護士会）によると、栄は体調の悪化を理由に入院していた。

だが、一時期はヤクザに匿（かくま）ってもらっていたこともわかっている。

「助けて！　社長に殺される！」

そう言って泣きついたというのだ。

このヤクザは栄の夫であるKの知り合いだと聞いている。行きつけのスナックかどこかで知り合ったらしい。

さすがのヤクザも、女に泣きつかれれば、かばわざるをえなかったのかもしれない。

一方で、このヤクザも最初は栄夫婦の言うことを真に受け、「やっぱり神行社長は悪いやっちゃな！」と思っていたのだろう。

だが、かかわっていくうちに栄夫婦の言うことが矛盾だらけと気づき、あきれて離れていったようだ。

私にとっては病院だろうがヤクザのところだろうがどうでもいいのだが、とにかく謝罪も一銭の返済もないまま、栄は行方をくらましたのである。

そこで、私は息子夫婦や弁護士と相談した結果、二〇一八年九月に刑事告訴に踏み切った。以下は告訴状からの引用である。

被告訴人の以下の行為は、業務上横領罪（刑法253条）に該当するところ、告訴人としては、被告訴人を厳罰に処することを求め、ここに告訴いたします。（略）被告訴人の横領行為については、（略）優に一億円を超えるものとなります。ただし、被告訴人本人が認めているものも、当初本人を追及した際には否定していたものであり、告訴人代表者らが膨大な作業を行った上で証拠を突きつけた段階に至って、ようやく一部認めるに至ったものである。

被告訴人においては、平成30年（引用者注＝二〇一八年）3月5日以降、会社に姿を見せず、その余の説明を一切放棄しているため、暗数（引用者注＝公的機関が認知している犯罪の件数と実際に起きている件数の差）は膨大な数に上るものと思われる。

「弁償する」というのは口だけで、まったくそんな気配はなく、このころはすでに盗んだものをインターネット上で転売し、カネを隠すなどの隠蔽工作をしていたこともわかっていたので、告訴状には、そうしたことも盛り込んだ。

告訴人としては、被告訴人が横領行為に及んだ事実を認めている点、約15年にわたり、その額が少なくとも数億円以上に上る点、その後、現在に至るまでほとんど被害弁償も行われていないばかりか、横領行為について真摯な説明を放棄し、さらに、従業員として行うべき業務を放置し約半年にわたって何もしていない点、破産手続においても本年7月3日に第1回債権者集会が開催され一応の区切りがついた点などの事情を勘案し、被告訴人に厳重な処罰を科していただくべく、本件告訴に至った次第です。

私は告訴状にこう思いを明かしたが、翌十月に栄は神戸地方検察庁特別刑事部により逮捕、起訴された。

捜査は検察の手に移ったのである。

ルイ・ヴィトンからトイレットペーパーまで

ここで、栄の横領の全容をまとめておきたい。

先に触れたとおり、最初に発覚したのは、経費の流用であった。家族や愛人らとの私的な高額の外食の費用を私、神行武彦の「仕事の打ち合わせや接待の経費」として使い込んでいたのである。

会社の経理用ファイルからは、私が行った覚えのない鮨店やステーキの高級店、さらには地元のスーパーマーケットや家電量販店、新聞店、デパートの化粧品売り場、電気、ガス、水道などの公共料金の領収証も見つかっている。

栄は、自分や家族の生活費すべてを「会社の経費」としていたのだ。

自宅で使うトイレットペーパーや新聞などをすべて会社のカネでまかなうとは、セコいとしか言えない。

もうひとつ、弁当の領収証を経費で落とすことも常習だった。

私の会社では、昼食は女性の事務員が用意してみんなで食べるのだが、栄は料理がまったくできなかった。私が育てた野菜や米を使ったおかずとごはん、味噌汁程度なのだが、それがつくれないのである。

料理どころか掃除や洗濯などの家事はまったくできなかった。

「さっさとメシつくらんかい！」

いくら私が文句を言っても、知らん顔である。

そして、自分が調理しなくてはならない当番の日には、「銀行に記帳に行く」などと理由をつけて外出しては、弁当を買いに行っていた。

「今からお弁当を買ってくるけど、いる人は？」

会社の周辺には気のきいた外食の店もないので、誰かが買いに行くなら……と従業員たちはみんな頼む。

そうして従業員たちから徴収したカネは懐に入れ、店からは領収証をもらって経費で落とすのである。

もちろん店まで買いに行く車のガソリン代も会社の経費である。

また、栄が会社宛てに届く取引先のおみやげや御中元、御歳暮などの贈答品を隠匿していたこともわかっている。

栄を解雇してから、豪華な贈答品が次々と届くようになったのだ。

「今まで、全部、栄が持ってってたんか……」

そのあさましさにあきれ果てたが、それ以上に「いただきものをしていたのに、御礼をしてこなかった」ということには慌てた。

私はいただいた事実すら知らないのだから、御礼の電話や手紙もできないのは当たり前だが、私の信用問題にもかかわることである。

これを教訓に、栄の事件以降はきちんと記録をつけて、すぐに御礼をするようにしている。

栄はこうしたことを二十年近くにわたって続けてきたので、被害額は相当なものになっていると考えられる。

だが、どちらかというと、これらは「セコい横領の部類」といえる。

いくら家族や愛人と毎日高級な鮨やステーキを食べても、経費をちょろまかしても、五億円にはとうてい届かない。

それより栄の犯行の中心は、次のように会社の口座からカネを抜き取り、高級ブランド品の爆買いや愛人との豪華旅行、「ミッキーハウス」の建築などを続けてきたことであった。

①取引先などから支払われたカネの直接の横領
②会社の預金口座からの直接の横領
③小切手帳を会社に無断で発行し、振り出すことによる横領
④取引先への支払いやボーナスの原資を故意に多めに引き出し、差額を横領
⑤独断で己の気に入らない従業員のボーナスを勝手に減額し、差額を横領
⑥従業員らの従業員旅行などの積立口座からの横領

などが主な手口である。

つまり、「あらゆることをされた」のである。

これらは相当に大きな被害金額となったが、栄は会社の運転資金には手をつけていなかったので、取引先への支払いなどが滞ることはなかった。

会社の運営に直接の影響がなかったため、発覚が遅れてしまったのである。

一方で、帳簿上は「支払い済み」になっていたのに、実際には支払われておらず、先方からあらためて請求されて初めて未払いだったことがわかった例も少なくはなかった。

また、会社では、給与の「前借り」も認めていたのだが、栄はこの制度も悪用していた。

従業員が返済してきた前借り分を着服し、帳簿上は「返済済み」としていたのである。これも発覚しにくい手口である。

さらには、夫のKが所有する自宅のリフォーム工事代金、約一千万円を会社に払わせていたこともわかっている。

これについては別に書くが、私はKに対して損害賠償請求訴訟を起こしている。

自宅の名義はＫであるのに、妻である栄がなぜリフォーム代金を負担しなくてはならないのか。

もともと栄夫婦は代金を払うつもりなどなく、会社の発注事業として会社からリフォーム代金を払わせたのだ。

ルイ・ヴィトンの爆買いについては、『週刊文春』（二〇一八年十一月十五日号）が、

昨年（引用者注＝二〇一七年）九月十七日にはハンドバッグ「ミラリス」百十七万円など八点、計百七十六万円分を購入。その六日後にハンドバッグ「カプシーヌ」三百十八万円など十二点、計六百九十七万円。翌月二十一日にはダイヤをちりばめた腕時計「タンブール」二百九十八万円など十四点、計五百七万円。

タンブールは一五年十一月（二百四十九万円）、一六年一月（三百十三万円）、同年十一月（三百九十八万円）などにも購入しているという〝爆買い〟ぶりだ。

としている。

この「文春砲」のおかげで「ミッキーハウス」はますます有名になるが、もちろんこれらはほんの一部である。

私たちの調査では、ルイ・ヴィトンの腕時計は合計で四十個ほどにもなり、ほかにもミンクのコートに約四百万円から五百万円ほど使っている。

また、同時に大量に買っていたはずの宝石が見つかっていない。

私は、これらはどこかに必ず隠されていると考えている。宝石は小さいので隠しやすいが、すでに売却して換金している可能性もある。

ブティックではVIP扱い

ここまでブランド品の爆買いをすれば、店でも注目される。

ルイ・ヴィトンばかりこんなに買うバカは、世界にもいないであろう。栄はルイ・ヴィトンが主催するパーティーにもVIPとして招待されている。

栄はKと夫婦で参加しているが、ロシアの著名なフィギュアスケーターとパーティー会場で「ツーショット写真」を撮っていたことがわかっている。会社のパソコンに保存されていたのだ。

あとでくわしく書くが、夫のKは、こうした妻の「財力」に対して疑問はまったくなかったという。

それはおかしい。私にとっては疑問だらけだ。

たしかに栄は、関連会社の取締役も兼任していたので、解雇される何年か前から年収は額面で一千万円ほどになっていた。

「たかが経理担当者に高すぎる」との批判もあったが、栄に対してだけでなく、私の会社の賃金は高めである。

栄の子どもたちは成人しており、夫の収入もあるので、給料はほぼ「こづかい」にできたはずである。

たとえ栄が似合わない高級ブランドのバッグで出社したところで、私にはあまり違和感はない。

それ以前に、従業員の持ち物や服装にはとくに関心もないのだ。陰で億単位の爆買いをしているなど、想像もしていなかった。

栄が破産宣告を受け、破産管財人が栄のブランド品などを差し押さえることになったとき、とくに高価なバッグを差し押さえられそうになった栄が「お願い！　これだけは持って行かないで！」と懇願したとも聞いた。

「お願い」されても、もともと会社から盗んだカネで買ったものである。

いずれにしろ、これらの爆買いは、テレビの前の「日ごろ夫の稼ぎの少なさを嘆く主婦たち」の嫉妬を買うには十分であっただろう。

当時はテレビでも何度も取り上げられ、インターネット上には栄に対する罵詈雑言（ばりぞうごん）があふれていた。

ここまで「有名人」になってしまえば、確実に居場所はなくなるものだと思っていたが、栄とその家族には、そうした気配はまったくない。

今も家族らは、堂々と近くの街で暮らしている。

パソコンの悪用

パソコンで会計の帳尻を合わせるのは横領の基本であるが、毎日きちんと出納の記録を見ていれば容易に気づくことである。

だが、それが私にはできなかった。

言い訳になってしまうが、建設業界は今でこそパソコンがかなり導入されていても、もともと古い体質が残っている。

男尊女卑的であるし、コンピュータより人の頭脳である〝勘ピュータ〟が幅をきかせている業界なのだ。

会社が栄を採用した一九九九年当時は、私の妻が経理を担当しており、帳簿はすべて手書きであった。

時代に遅れているといえば遅れているが、当時は今ほどパソコンも普及しておらず、とくに私の会社だけが遅れているというわけでもない。

私も従業員たちも、まったく気にもしていなかった。

入社してしばらくすると、栄が私にパソコンの導入を進言してきた。

「社長、事務はパソコンにしたほうがいいですよ」

「パソコン？　いらんわ、そんなもん」

「しかし、会社の売上も増えているし、手書きより会計ソフトを使ったほうが絶対に便利ですよ」

「でも、そんなもん、ヨメも使えんし……」

「奥様には私がお教えしますから」

「うーん……」

そう言われて、これからも会社を大きくすることを考えると、この機会に導入してもいいかもしれないとも思った。

「ほなら任せるわ。これからも会社は大きなるしな」

「ありがとうございます！」

こうして栄はパソコンを悪用して出納を操作し、着服する金額もエスカレートしていくことになる。

もともと妻はパソコンなどの機械にはうとく、私は現場に出ることで精いっぱいで、つい確認作業を怠ってしまった。

さらに妻は子育てや家事に追われていたうえに、栄が入社してから十年ほどがたつと体調を崩して休みがちになっていた。

これらをいいことに、栄はやりたい放題になっていく。

また、くわしくはあとで書くが、栄は会社に出入りしていた事務用機器販売会社の営業担当の男ともつきあっていた。そこかしこに「お気に入り」の男がいたのである。

この男のために、栄は会社の経費で高額の事務用機器などを大量に買い込んでいる。

無断でつくられた小切手帳

私たちが把握しているだけでも、栄は小切手を使って十件の横領をしている。

「今どき小切手なんて古臭い……」という声もあるかもしれない。

だが、小切手は多額の現金の受け渡しを直接しなくて済み、毎回の振込手数料もかからないので、オンライン決済が普及する前から便利に使われてきた。

そして栄は、この小切手も悪用したのだ。

有限会社Cの小切手帳を会社に無断でつくり、以下のカネを振り出している。

①二〇一四年に三百二十万円
②二〇一五年十一月に二百万円
③二〇一六年一月に三百七十八万円
④同年八月に六百四十八万円

また、会社の小切手で、以下のカネを振り出している。

⑤二〇一五年二月に三百七十万円
⑥同年四月に百三十五万円

⑦二〇一六年十二月に千二百万円
⑧二〇一七年五月に二百万円
⑨同年九月に三百万円
⑩同年十月に五百万円

この十件については、本人も認めている。

だが、本当にこの十件だけなのだろうか。

私はまだまだ余罪も疑っており、今後も調査を続けるつもりだ。

さらに、栄は会社の互助会の口座からも横領していた。私の会社とその関連会社の従業員や役員でつくる互助組織である「ひまわり会」の積立金に手をつけていたのだ。

この「ひまわり会」の積立金は、社内旅行などに使うものであり、月に五百円から五千円程度の範囲で、役職に応じて納める額を決めて積み立てていたのだ。

これも会社の運営には無関係のカネであり、日々の出納には影響がない。引き出されたところで、すぐにはわからなかったのである。

判明しているだけでも、兵庫県信用組合の従業員の積立金の口座から二〇一五年十月、十一月、十二月の三カ月間で百万円ずつ計三百万円を着服した。

これも、本人が認めている。

当然といえば当然なのだが、栄自身は「ひまわり会」に一銭も積み立てをしていない。子分にしていた事務員の分とあわせて、帳簿上は「納めたこと」にしていたのである。

そして、社内の慰安旅行には「幹事」として参加している。

アメリカに行ったときには、夫のKも参加していたのに、夫は放置して愛人と行動していたのは同行した全員が見ている。

「あんなアホにボーナスなんかいらん」

会社の旅行で夫以外の男といちゃついていれば、栄の評判が悪いのは当然である。

目下（めした）と見れば横柄に振る舞い、好みの若い男には色目を使い、取引先には妙に媚（こ）びるのだから、嫌われるのも当たり前なのだ。

だが、私はまったく気にしなかった。ここは会社であり、仕事の場である。性格や見かけが悪くても会社のカネの出入りだけを管理していればいいと思っていたのである。

だが、問題は簡単ではなかった。

横領事件以外にも、多大な迷惑を被っていたのである。

栄が在籍していた二十年あまりにわたり、「会社の雰囲気は最悪だった」と、あとになって従業員たちから言われた。

社長である私に対して、みんなが「苦情」を言い出しにくい「空気」があったことは、私も認めなくてはならない。

従業員たちにとって、仕事もロクにしないオバハンに威張り散らされるのはたまったものではなかっただろう。

それでも現在にいたるまで会社を支えてくれている従業員には感謝している。

従業員のなかには、「寿退職」でいったん辞めたあとにまた戻ってきてくれた事務員や、子育て中のワーキングマザーなどいろいろな人材がいるのだが、会社のカネはこうした働いているみんなとその家族、そして取引先のものでもある。

すなわち会社のカネは、社会のものなのだ。

それを「自分のもの」と思い込む神経がわからない。

そして、こっそり盗んだカネでの爆買い以上に許されないのが、勝手に従業員のボーナスを減額していたことである。私に代わって勝手に〝査定〟していたのだ。

こうなると、個人的には死刑でもいいとすら思う。

「○○は嫌いやから、ボーナスなんかやることあらへん」

栄は、自分が気に入らない従業員のボーナスを勝手に不当に引き下げて振り込み、差額を着服していたことがわかっている。

私は働くことが好きで、還暦間近でも早朝から現場に出ることもいとわなかった。

だから、従業員たちにもしっかり働いてもらって、賃金もそれに見合った額を払うべきだと思っているし、実際にそうしてきた。

それなのに、栄は勝手に嫌いな従業員のボーナスを引き下げ、残った分を社内不倫の相手や自分のボーナスに上乗せしていたのである。

〝被害額〟は、ひどいケースで「五万円」というのもあった。

じつは、これがなかなか露呈しなかったのは、私の責任もある。

ボーナスの査定は私がしていたが、以前は従業員たちが「ウチのボーナスは封筒が立つんやで」とか、「オレより○○さんのほうが高いのは納得できひん」などとあちこちで話すので、ムダな軋轢(あつれき)を生んでしまったことがあった。

そこで、ボーナスについてあれこれ話すことを禁じていたのである。

「従業員のあいだで不満が出ないように」という配慮のつもりであったが、今まで何十万円ももらっていたのを急に五万円に引き下げられたのに、不満も言えなかったのは、気の毒であった。

さらに、ボーナスの原資として金融機関から引き出したカネの一部を着服するのも、栄の常習の手口であった。

たとえば二〇一七年十一月二十二日に従業員への賞与として五百万円を引き出し、このうち二百四十万円はボーナスとして従業員に振り込んだが、残りの二百六十万円は着服したことがわかっている。

これも本人が認めているが、もちろん氷山の一角である。

このように、栄は会社の口座から引き出した金額をそのまま横領しているわけではないので、確認作業にはとても手間がかかる。

だが、私たちが丹念にカネの出入りを追い、証拠を突きつけなければ、栄は絶対に自分からは白状などしない。

ほかにも余罪は必ずあると考えており、今後も追及するつもりだ。

経理は会社経営の要

この横領事件では、私にも反省すべきことは多い。

まず、「経理の仕事など誰にでもできる」と思っていたことである。

それは間違いであり、きちんとしたチェック体制を整えておくべきであったが、たいていの中小企業の経営者はこう思っているのではないだろうか。

そもそも中小規模の会社にとって、会計の担当者と出納の担当者を分け、定期的に監査法人に金融機関の預金残高を確認させるようなことは、現実的ではない。

だが、そんな油断が命取りになってしまった。

また、事件後は公認会計士にも依頼しているが、事件前は税理士だけに頼んでいた。栄はこの税理士に対して「経理事務は自分ひとりでやらなくてはならないことが多く、間に合わない」と言い訳をして、決算期の書類提出もいつも遅らせていたのだ。

実際にはパソコンの不正操作と不倫相手との逢瀬(おうせ)に忙しいだけなのだが、ギリギリになって大量の書類を渡してくるので、税理士は精査できなかったという。

あとで聞いたら、税理士も「おかしいと思っていた」と言う。

しかし、税理士は栄の怠慢について私に苦情を言うようなことはなかった。多忙をきわめている私に言いづらかったのかもしれないが、やはり言ってほしかった。

また、栄以外に雇い入れていた経理関係の事務員は、栄にいじめ抜かれて心を病んで辞めるか、栄の手下となるか、どちらかしかなかった。

こうしたことを私が把握できていなかったことも反省している。

〝共犯者〟についてはあとでくわしく述べたいが、栄の手下となって横領に加担したことが判明した事務員のHは、その夫が謝罪して横領した金額の一部を弁済している。だが、栄の夫は謝罪するどころか、「自分は無関係」と居直っている。

普通は家族が刑務所に行くような事件が起これば、家族も外出できないくらいの恥ずかしさを感じるものだと思うが、まったく気にしないのが栄の家族なのだ。

今も堂々と地域の祭りに参加し、外食を楽しみ、新車にも乗っている。

「家族ぐるみのつきあい」が仇に

「なぜ栄を雇ったのですか?」

多くの人から聞かれたことである。

じつは、栄の夫であるKとは二十五年以上前からの知り合いだったからだ。

Kも私と同じ三木市の出身で、大手建設機械メーカーの関連会社に勤務していた。

週に二日は営業で私の会社に顔を出しており、毎年一億円ほどその大手メーカーから建設機械を買うようなつきあいであった。これはわれながら大口の客だと思う。

のちにＫは関連会社の支店長に昇進するが、これは私の会社に対する売上が貢献したと思っている。Ｋの上司たちもよく挨拶に来てくれていた。

また、Ｋとはプライベートでもつきあいがあった。

市内の建設関連業者も交えてゴルフや釣りに行き、会費制で誕生日会などを開催するなど、公私ともに何かと交流があったのである。

二十五年以上も公私にわたってつきあいのある男の妻を疑わなくても、「人を見る目がない」とはあまり言われないと思うのだが、現実は甘くはなかったということだ。

栄が私の会社にやってきたのは、一九九九年三月のことであった。

「ウチのヨメ、社長のところで使(つこ)てもらえまへんか？」

Ｋからこう頼まれたのである。聞けば三木市内の出身で、私の小、中学校の後輩だという。

さらに父親とは共通の趣味である鯉(こい)の養殖を通じて面識があった。

「おう、北村（栄の旧姓）のオッサンの娘なんか。ええよ」

私はすぐに快諾した。

「最初は試用期間で、パートでええな？　時給は八百円でどうや？」

「お願いします。すぐ挨拶に来させます」

このときに断っておけば……と今でも悔やまれる。

だが、当時は会社が急成長中で私は多忙をきわめており、経理を任せていた私の妻は子育てにも忙しく、人手が欲しいところであった。

夫も父親も古くからの知り合いの女が億単位の不正をするなど、誰が想像できるだろうか。

身内をよく知っているから……という安心感が、かえって仇になってしまった。

これも中小企業の経営者のみなさんには教訓にしてほしいと思う。

自分の甘さも反省

「社長はコワモテやけど、じつはやさしいんですよ……」

栄の事件を取材に来たテレビ局の担当者に、従業員がこう話していたことがあった。

今回の事件では、私にやさしさというか、甘さがあったことが命取りになったのは間違いない。

同じ地元なのだから、私は栄夫婦だけではなく子どもたちもよく知っているし、栄の父親も知っている。

私は趣味と実益を兼ねて錦鯉（にしきごい）の養殖を手がけているが、栄の父親も以前は鯉を育てていたのである。

この父親は、現在は高齢で養殖はやめているが、住まいも私の自宅や会社からそれほど離れてはいない。

そして、栄の事件のあと、私は栄の父親の家を買い上げた。父親はそのまま住んでいて、所有権を移しただけである。

神戸市に隣接し、ベッドタウンとしても機能する三木市は、昔ながらの人のつながりが多いほうだと思う。

親族が顔見知りなのだから、大規模な不正が行われるとは考えもしないのが普通ではないのか。

とはいえ、二十五年以上も公私ともにつきあっていたKと、その妻の本性を見抜けなかったのは、私の責任もある。

「痛恨」などという言葉では言い表せない。

「オヤジ、なんでいつもあの会社（大手建設機械メーカー）なん？　別の会社でもええんちゃうの？　あのKってズルいところあるし……」

私の息子からこう言われたこともあったが、新しい取引先を探すのも面倒で、継続してきたのだ。

だが、今にして思えば週末に釣りなどに行っても、帰りの食事代も含めてKが払うことは一度もなかった。

私に払わせておいて、あとで経費として会社に請求していたようだった。

これは、妻の栄と同じ手口である。

昼食の弁当をまとめて買いに行くときなど社内で集金したカネは懐に入れ、会社の経費に計上していたのだから。

もちろん私がそれに気づくのは、ずっとあとのことだが、これでは夫も共犯を疑われてもしかたないのではないか。

悪いことに、栄が入社して十年ほどたつと、私の妻が病気がちになり、入退院を繰り返すようになった。

そこで、私はますます経理関係は栄に任せてしまうことになる。

繰り言になってしまうが、栄夫婦にとくに信頼感があったわけではない。

そこまでされるとは思っていなかっただけである。

私は仕事がすべてであり、それ以外の細かいことはあまり考えない性格である。

栄夫婦であれ誰であれ、私の仕事の邪魔にならなければそれでよかったのであるが、それが甘かった。

ようやくの逮捕

二〇一八年十月十一日、ついに神戸地検特別刑事部により栄は逮捕された。栄は家族の前で悪びれる様子もなく連行されたと聞いた。

そして、検察が動いたことで、私は告訴から離れることになる。

栄の逮捕に関する最初の報道では横領金額は「三百万円」であった。読売新聞（二〇一八年十月十二日付）などの主要新聞は、だいたいこのように短く報じた。

> 勤務先の互助会から３００万円を着服したとして、地検特別刑事部は11日、三木市の土木工事会社「Ｓ」（引用者注＝原文は実名）元取締役の北村緑容疑者（56）を業務上横領容疑で逮捕した。認否は明らかにしていない。
> 発表によると、北村容疑者は、同社や関連会社の互助会の会計を担当。２０１5年10～12月、3回にわたって、両社の互助会の預金口座から計３００万円を引き出し、横領した疑い。地検は、私的に流用したとみて調べている。

この小さな逮捕報道をきっかけに、マスコミが栄と私を追うようなる。

あの「文春砲」の『週刊文春』も取材にやって来た。

『週刊文春』（二〇一八年十一月十五日号）については、あとでもくわしく書くが、「兵庫3億円横領 56歳『不倫』女性役員が買ったルイ・ヴィトン2億円」と大きく報じてくれたのである。

最初の捜査で「三百万円」だった被害金額は、その後の検察の捜査で一億四百二十五万円にのぼった。

「一億円の横領事件」「ルイ・ヴィトン爆買い」「ミッキーハウス」に世間は驚いたが、私にとっては残念な額である。

すでに時効になっている分があるとしても、これは逮捕前の約三年間の横領金額である。

せめて五年前までさかのぼって捜査をしてほしかった。

そこで、私はマスコミの取材にも応じた。

栄の犯罪を世に知らしめ、再発防止を訴えるためである。

栄夫婦を追及するためにできることはなんでもしようと決意したのだ。

多くのマスコミが私の話を聞きに来てくれたが、なかには興味本位の報道もあり、会社及び私の「監督責任」や管理の杜撰（ずさん）さを指摘されることもあった。

もちろん私も責任は感じているので、それは甘んじて受け入れている。

そうしたなかで、同年十二月十三日付の産経（さんけい）新聞は、こう報じている。書いてくれた土屋宏剛（つちやひろき）記者は、私や家族に対する取材もきちんとしてくれていて、好感が持てた。


〝ミッキーハウス〟・ブランド品爆買い　1億円着服の元経理担当

兵庫県三木市の土木建築会社「S」（引用者注＝原文は実名）の資金を横領したとして、神戸地検特別刑事部が総額約1億円の着服を裏付けた元経理担当役員、北村緑被告（56）は、着服した金をブランド品の購入費や人気キャラクター「ミッキーマウス」をあしらった住宅の建築費に充てるなど、約15年間にわたり散財の限りを尽くしたとされる。時効分を含め実際の被害額は5億円に上る可能性もあり、同社の神行（かんぎょう）武彦社長（59）は「私が現場派なので経理に目が届かなかった。（北村被告を）信頼したのが間違いだった」と悔やむ。

同社の調査によると、北村被告の不正が始まったのは入社2年後の平成13年

（引用者注＝二〇〇一年）ごろ。当初は私的な飲食費や日用品の購入費を会社の経費として精算する程度だった。ところが、会社の財布を一手に握る立場を悪用し、手口は徐々にエスカレート。会社の小切手に適当な金額を書き込み金融機関に持ち込んで現金化していたほか、反りの合わない従業員のボーナスを独断でカットし、正規の支給額との差額を着服していた。

同社がブランドショップなどから取り寄せた北村被告の購入履歴によると、少なくとも約15年前から衣類や装飾品などを「爆買い」しており、ブランド品の購入総額は約1億9千万円。また、無類のディズニーファンだったという北村被告は26年（引用者注＝二〇一四年）ごろ、趣味が高じて壁面にミッキーマウスが描かれた2階建ての一戸建て住宅を約4500万円で建てた。（略）

土屋記者は、初公判でもきちんと取材した記事を書いてくれたので、今も感謝している。

第二章
起訴

罪名は「業務上横領」

二〇一八年十月三十一日、神戸地方検察庁特別刑事部は、離婚して栄姓から旧姓に戻っていた北村緑を起訴した。

一回目の起訴である。

この日の起訴の内容は、二〇一五年十月九日から同年十二月十日までのあいだ、兵庫県信用組合三木支店の私の会社や有限会社Cなどの従業員と役員を会員とする互助会「ひまわり会」の口座から、三回にわたり百万円ずつ合計三百万円を着服、横領したという容疑である。

罪名は「業務上横領」で、「余罪については捜査中」とされていた。

今回の栄の事件で初めて知ったが、「横領」とは法律用語で「自己の占有する他人の物」を盗むことである。

たとえば会社から仕事のために貸与されている営業用の車や携帯電話、制服、事務用品などは、本来は「他人」（会社）のものであるが、他人から占有（管理）を任されている状態にある。

管理を任されているのをいいことに、本来の目的以外に使えば「横領罪」となるのだという。

これに対して、「着服」とはたんなるネコババで、法律用語ではない。

たとえばアルバイト店員がレジのカネを盗んだりするのは、管理を任されてないので「着服」となるが、着服は法律用語ではないので「窃盗」になるのだという。

ややこしい話であるが、さらに、この横領にも三種類ある。

栄が問われた「業務上横領罪」とは、普通の「横領罪」より罪が重いそうだ。

幹部や経理担当などの立場を利用して横領するので、「より罪深い」ということになるのだろう。

栄は、業務上横領事件でいえば、歴代の犯人のなかでもトップクラスである。

刑法には、こうある。

（横領）第二百五十二条　自己の占有する他人の物を横領した者は、五年以下の懲役に処する。
2　自己の物であっても、公務所から保管を命ぜられた場合において、これを横領した者も、前項と同様とする。
（業務上横領）第二百五十三条　業務上自己の占有する他人の物を横領した者は、十年以下の懲役に処する。
（遺失物等横領）第二百五十四条　遺失物、漂流物その他占有を離れた他人の物を横領した者は、一年以下の懲役又は十万円以下の罰金若しくは科料に処する。

だが、残念なのは法律的には横領額が五万円でも五億円であっても、刑務所に行くのは「最高で十年」までということだ。

しかも刑法では、弁償の方法などは決めていない。

もし弁償させたいなら、刑事裁判とは別に民事訴訟を起こさなくてはならないのである。

だが、民事訴訟を起こしたところで、栄のように自己破産して返済能力がないと認められれば、返済義務はなくなる。

これは法律の不備でしかなく、どうにも納得できない。

私としては、横領した金額に応じて罪をさらに重くしてほしいくらいだ。最高の刑罰でも十年なのに、栄の確定判決は四年半であった。法定の半分もいかないのである。しかも、初犯なので刑期の満了前に仮釈放される可能性も高いだろう。

いったい、刑罰とはなんのためにあるのか……。

五億円を盗った者に対しては、五億円を返すまで身柄を拘束してほしい。福島の原子力発電所の除染作業でもいいし、マグロ漁船に乗ってもいい。なんでもいいから私たちから盗んだカネを返してほしい。

私の思いは、それだけだ。

だが、検察は私の思いなど忖度（そんたく）することもなく、起訴の翌月である十一月二十日と、翌々月の十二月十四日に栄を追起訴し、合計で十件「だけ」を起訴した。

総額にして、約一億四百二十五万円。

あまりにも少なすぎるというのが本音である。

起訴事実は使い込みの「五分の一」

栄の事件について、検察による起訴内容の要旨は、次のとおりである。

①二〇一四年二月、ゆうちょ銀行の会社名義の通常貯金口座から現金二百三十万円の払い戻しを受けて横領

②同年八月、車両購入代金三百万円を横領

③同年十二月から二〇一七年五月、兵庫県信用組合三木支店から筆者名義または有限会社U代表取締役栄緑名義で振り出された小切手の支払い分約六千六百万円のうち六回にわたり三千六百九十九万円を横領

④二〇一五年四月、同支店から振り出された筆者名義の小切手の支払い分三千万円

のうち約一千万円を横領

⑤同年十月から十二月、会社および関連会社の役員と従業員を会員とする互助会「ひまわり会」の積立金三百万円を横領

⑥二〇一六年四月、兵庫県信用組合三木支店から振り出された筆者名義の小切手の支払い分三千万円のうち約一千万円を横領

⑦二〇一七年九月、三木市内、みのり農業協同組合別所(べっしょ)支店から振り出された筆者名義の小切手の支払い分三百万円を横領

⑧同年十月、会社の取引先企業から集金した約五百万円を横領

⑨同年十一月、兵庫県信用組合三木支店から振り出された有限会社U代表取締役栄緑名義の小切手の支払い分五百万円のうち約三百万円を横領

⑩二〇一四年十月から二〇一七年九月、栄が取締役を務める有限会社Cに振り出された同代表取締役Y名義の小切手の支払い分のうち約二千八百万円を横領

一般的には、十分に驚かれる額だと思う。

だが、これは被害額の五分の一程度でしかない。

せめてもう少しさかのぼってほしかった。

業務上横領にも時効があり、「犯罪行為」が終わったときから七年とされているという（刑事訴訟法第二百五十三条、第二百五十条第二項第四号）。

入社直後から小さな横領が繰り返されていたのは間違いないので、十五年あまりの時間のなかで時効にかかっている分があるものは、しかたないかもしれない。

だが、五億円の被害のうちの一億円しか起訴されないのは、私としては納得できないのである。

とはいえ、裁判は裁判である。

私はため息をつくしかなかった。

過去の「横領事件」

じつは、栄には横領の過去があった。

それを知ったのは、今回の横領が発覚してからである。

同業者が気の毒がって教えてくれたのだ。

「社長、知らんかったんか……」

なんと栄は過去に複数の会社で横領を繰り返していたという。

このうち一件については、舅であるKの父が田畑を売却して約五百万円の弁済をしていたというのだ。

弁済をしたことで、刑事事件にはなっていないようだった。

私はKを呼び出し、直接聞いてみることにした。

Kは、謝罪するどころか居直った。

「(横領事件は)ヨメのしたことで、私は知りません。もうヨメとは離婚もしてますし……」

家族ぐるみで贅沢三昧の生活をしておきながら、知らないわけはない。

仮に、もし本当に知らなくても、妻がしでかしたことなのだから謝罪のひと言くらいはあってもいいではないのか。

ここまでカネに狂っているとは……。

見抜けなかった私も情けないが、あきれた。

「緑は、前にも（横領）いっとるんやって？」

「なんのことですか？」

「A電気会社とかB重機会社のカネいわしとる（盗っている）んやろ？」

「は？」

「お前のオヤジが田んぼを売って弁償したんやろ？」

「なんのことです？」

「しらばっくれるなや。五百万やて？」

「そんなこと、知りませんよ」

「そうか……。ほなら、もうええ」

そのときはそこで終わりにした。

後日あらためて関係者に過去の横領について確認し、またKを呼び出して聞いた。

「まあ、知らんかったワシも悪いけどな。（土木建築）業界では有名な話やそうやないか？」

　私が証言者の存在をほのめかすと、Ｋの表情が変わった。

「そんなもん……。昔のことやないですか」

「昔？」

　私はＫを見つめた。

「昔と違うやろ？」

「………」

　Ｋは黙っていた。

「横領事件の直後にウチに来て、『ヨメを使（つこ）てくれ』と言うたんやろ？」

「……二十年以上も前やないですか、そんなもん。とっくに時効ですわ」

「時効？　そんなんあるかいや」

「………」

「あのなあ、（横領事件を）聞いとったら、ワシが緑を雇うと思うか？」

「横領なんて……。会社の管理が悪いからやないですか」

「ふうん。マヌケのカネならナンボでも盗んでええっちゅうことか」

「………」

「もうええ。帰れ」

「………」

Kは黙って去った。

あくまでもシラを切り続ける態度を見ていると、横領は栄の思いつきではなく、Kが仕向けたのではないかとまで思えてきた。

そうでなければ、夫婦で高級レストランや、ルイ・ヴィトンのパーティーには行けない。

やはり夫婦一体となった犯罪なのだと確信した。

泥棒ファミリー

栄夫婦が、横領事件の発覚後に離婚していたことは、前にも触れた。

表向きの理由は「妻の不貞」であり、不倫旅行の写真や旅行会社の支払い明細などの「証拠」が自宅や会社から複数見つかったからだという。

だが、そんなことは以前からKもわかっていたことだ。

一方で、複数の男と不倫を続けていても、栄は夫や子どもたちとともに頻繁に外食をしていた。

夫婦としての関係は破綻していても、「泥棒の同志」的な関係だったのかもしれない。

栄は鮨店やステーキの高級店に大家族で訪れてはウニやトロ、最高級神戸牛などを大量に食べ散らかしていたことを私は「領収証」で知った。

だが、じつは目撃証言も多かった。

「毎回すごい（高額の）頼み方をしていたから、よく覚えています」

テレビ局の取材を受けた店主がこう明かしていた。

普通なら店は客のプライバシーに配慮して何もしゃべれないはずだが、泥棒のことなので、なんでもしゃべってしまうらしい。同情など無用である。

そもそも横領したカネだから、こんなことができるのだ。

異常なほどのカネづかいなので、以前から噂（うわさ）は広まっていたらしい。家族らは、この栄の豪遊ぶりを不審に思うどころか、むしろ一緒に楽しんでいたのである。

さらに、栄夫婦の娘Nは、宅地建物取引主任者（宅建）試験に合格しており、私の会社で職員となっていた。

「社長、娘が宅建に受かったんで、雇ってもらえませんか？」

「ええよ」

そんな程度のやりとりであったと思うが、Nは採用されても実際にはほとんど出社せず、仕事らしい仕事はほとんどしていなかった。

もちろん給与は栄が勝手に金額を決め、高額のパソコンまで支給している。働いている実態もないのに、毎月二十五万円の月給と、年二回、一回三十万円のボーナスが支給されていたのだ。

これも広義の横領であることは間違いない。

「すべて母が勝手にやったことです！　私は知りません！」

横領の発覚後、Nは私にこう怒鳴った。

「私たち家族は、母からなんの恩恵も受けていません！　事件と私たちはなんの関係もありません！」

会社では、栄やその姉とともにNも豪勢な旅行をしている証拠もきちんと押さえている。

にもかかわらず、「横領金は一銭も使われていない」と言い張れる根性は、やはり両親からの遺伝なのだろう。

父のKも、「横領は妻がしでかしたことだ」と居直ったのは前にも書いたが、娘も同じ態度であったことには驚くしかない。

仮に本当に知らなくても、「母がご迷惑をおかけして申し訳ありません」くらいは言うべきではないのか。

「父親」も泥棒か

これも事件の発覚後にわかったことだが、横領は栄夫婦、子どもたちだけの問題ではなかった。

栄の事件が大きく報じられると、私もマスコミのカメラに追い回され、インターネット上で批判されるようになった。

ネットの悪口など見なければいいだけだが、ただでさえ検察や警察、国税とのやりとりで疲れているのに、マスコミにも対応しなくてはならない。

これは、日常の業務もあるので、本当にきつかった。

しかも、栄の「所業」をマスコミがどんどん明らかにする一方で、むしろかばうようなテレビ番組もあり、さすがの私も精神的に滅入(めい)る日々が続いた。

とはいえ私がテレビカメラに追われたことで、それなりに「収穫」があったのも事実である。

「社長、テレビ見たで？」

私が事件についてコメントしたテレビ番組の放映後に、多くの知り合いから連絡をいただいたのである。

「緑は、子どものころから手癖が悪くて有名やったんよ」

「何度も万引きで補導されてるんよ」

「そもそも、あれ（栄）のオヤジが町内会のカネをいわして（横領して）問題になっとったんよ。知らんかったんか……」

「先に教えとけばよかったなあ」

このように教えてくれる人たちが現れたのだ。

「ホンマけ？　なんでもっと早う（はよ）に教えてくれないんよ」

私は驚いて言った。

「まあ昔のことやし……。とっくに知っとると思って」

たしかに、あまり誰かに言いふらしたくなるような話ではない。

私もこんな事件の関係者にならなければ、仮に知っていても誰にも言わなかっただろう。

連絡をくれた複数の人たちの証言によると、栄は子どものころから万引きの常習犯であった。昔のことなので、警察沙汰になる前に親が謝りに行っていたのだという。

さらに、栄の父も町内会費を横領した「前歴」があったというのだ。

「あの家は、みんな手癖が悪い」

そんな噂が栄を雇う前に聞こえてこなかったのは残念であるが、話を聞いて妙な納得感があった。

そもそも栄は、五億円ものカネを横領しているのに、テレビキャスターのインタビューに対して、「そんなことは絶対にありません」と言い切れる人間である。

これはもう生まれついての泥棒と同じ。

そして、なんの運命のいたずらか、同じく泥棒のKと知り合い、結婚して泥棒を「量産」することになったのだ。

まだ小さい栄夫婦の孫たちは、すでに「テレビに出てた〝ミッキーハウスの泥棒〟の孫」「○○ちゃんは、オバアチャンが刑務所にいる」などと言われ、陰湿ないじめにあっているかもしれない。

そんなことでいじめにあったら、将来はロクな大人にはなれない。

そもそも身内に「犯罪者」がいれば、結婚も難しい。相手は気にしなくても、親族が反対するだろう。

栄夫婦は、孫がかわいくないのだろうか。

今はインターネット上に半永久的に情報が残るから、どこにも逃げられない。

これらも、すべて栄夫婦みずからがまいた種である。

夫以外に少なくとも四人の男と関係

次に、栄が横領したカネの「大半の使い道」であった不倫相手との関係について書いておきたい。

ここでは、夫以外の四人の男との関係について書くが、私たちの調査ではまだほかにもいることがわかっている。

事件との関連が薄い件については書かないが、いずれも孫がいる栄より十歳以上は若い男たちである。

栄がこれらの男たちとともに散財していたことは、テレビのワイドショーや週刊誌などでおもしろおかしく取り上げられていたので、ごらんになった方も多いだろう。

私はこれらの報道は細かくは見ていないのだが、東京ディズニーランドに併設された一泊三十万円以上もするホテルにもたびたび泊まっていたことは明白な事実であり、「ミッキーハウス」も男との逢瀬のために建てたものである。

インターネット上にも、「ブスなオバハンなのに不倫相手がたくさんいて、性欲が強いなんて超気持ち悪い」という趣旨の書き込みが目立ち、多くの人の反感を買っていたことがわかる。

世の中には、「会ったこともない人間の悪口をインターネット上に書くことで、自分の欲求不満を解消したい人たち」がたくさんいることを私は初めて知った。

栄の所業は、こういう人たちの格好のターゲットとなったのである。

自業自得と言うほかはない。

従わない者はいじめ抜く

二〇一八年八月、私は取引先の約三百社に次の「通知書」を送付した。

通知書

前略、平素は格別のご高配を受け賜わり（原文ママ）、厚く御礼申し上げます。

さて、弊社は、弊社の従業員でありました経理部の栄緑（北村緑）57歳を平成30年（引用者注＝二〇一八年）3月16日、経理部のH（引用者注＝原文は実名。以下同）57歳を平成30年7月31日を以って、懲戒解雇といたしました。

懲戒解雇の理由は、業務上横領であり、両名共にこれを認めています。

栄緑（北村緑）は現在破産手続中であり、破産管財人が調査を進めています。

破産管財人の調査によりますと、栄緑（北村緑）においては、高級ブランド品数億円を購入したり、不動産や絵画を購入していることなどがこれまでに判明しており、今後、資金の流れについて、さらに調査が進められることとなります。

又、X〔引用者注＝原文は実名〕44歳㈱S〔引用者注＝原文は実名〕従業員〕と栄緑は横領した金で建設会社㈱MKR）を設立し栄緑（北村緑）は役員となり当社在籍時に給料計算や経理の業務を行っていたことも発覚しました。

また、Hに関しては、多数の売上、領収書改ざん等の業務上横領が発覚しており、今後、調査を進めていくこととなります。

両名共に、今後、民事刑事問わず、法的責任を追及していくこととなりますが、本件が当社の経理担当という立場を利用して行われたものであるため、同2名は既に懲戒解雇となっており、弊社と何ら関係のないことを、本書をもって関係各位にお知らせさせていただきます。

通知書には栄、H、Xの三名の顔写真も添えてある。

こんな情けない書面を書かねばならないとは……。書きながら怒りと悔しさで手が震えた。恥ずかしいことこの上ない。

Hについても、いずれは刑事告訴も考えているが、Hの夫が自分の退職金を持って頭を下げてきたので、保留にしている。

Hは、もともとは大手建設機械メーカーの関連会社の事務員であり、Kとも知り合いだったはずだ。

最初から栄の手下として動いていたのだった。

一方で、栄は社内で自分の言うことを聞かない者はいじめ抜いて辞めさせていた。Hはそのいじめの片棒を担ぎ、栄と会社のカネで飲食を繰り返していたのである。

たとえば現場にかかりきりの私がたまに事務所に戻ると、栄とHはよくコーヒーを飲んでいた。

朝の十時と昼食後、午後三時を、自分たちで勝手に「コーヒータイム」にしていたのだ。

周囲はみんな働いているのに、遠慮も何もない。

周囲もおもしろくは思っていなかっただろうが、文句を言ったところで「倍返し」か、それ以上のいやがらせをされるのがわかっているので、黙っていたのだろう。

しかも栄たちが飲んでいたのは、インスタントではなく豆を挽いて淹れるドリップコーヒーである。

ほかの者も大勢いる事務所なのに、自分たちだけで「ええもん」を飲むのは、それだけで感じが悪い。

「コラ、自分たちだけでそんなもん飲むな。飲みたいならウチに帰って飲んだらええ」

私が文句を言っても、栄はヘラヘラと笑い、「自分のおこづかいで買ってまーす」などと言っていた。

これがウソで会社の経費だったとわかるのは、だいぶあとのことである。

また、栄とHは、お客さまからのいただきものも最初に食べ散らかし、余ったものをようやくほかの者に分けていた。

栄は、私がいないときは社内で威張り散らしており、従業員たちもかかわりたくなかったのであろう。

それに、いい大人なのだから、食べるもののことで誰もいちいち文句は言いたくはないのではないか。

当時はまったく知らなかったこととはいえ、不愉快な思いをしたり、いじめられたりしていた者を守ってやれず、申し訳ないことをした。

「緑は騙しやすかった」

先の「通知書」に書いたXは、二〇一三年十一月から二〇一六年十二月まで私の会社に在籍していた従業員である。

このXは妻子持ちだが生活は苦しく、在籍中にはタバコ銭にも困っていたのを同僚たちはみんな知っている。

それが、栄とつきあうようになって急にカネ回りがよくなり、私の会社を退職して建設業系の株式会社MKRを設立したのだ。

社名のMは栄の緑（Midori）、KはXの実名から取っていると聞いた。

退職の直前にはバイクや自動車を購入し、それらの写真を自分のフェイスブックに上げていたこともわかっている。

当然ながら、すべて栄が横領したカネで買ったものだ。

そもそも会社在籍中から、Xと栄の交際は半ば公然であった。みんなが不倫だと知っていたのである。

当時、私の会社の社内旅行には、従業員ではない栄の夫であるKも同行していたのだが、栄は夫を放置してXと行動をともにし、多くの「ツーショット写真」も残されている。

同じツアーに参加しているのだから、これを夫のKが怪しまないはずはないのだが、栄にXとの関係を問いただした形跡はない。

ところが、栄の横領が発覚した途端に「緑の不貞」を理由に離婚している。

これでは「偽装離婚」だと言われてもしかたないのではないか。

このXに対しては、二〇一八年二月二十三日に私を含めた会社の役員たちで事実関係を聞いた。

Xは、最初は「自分は横領にはかかわっていない」「カネは栄に借りた」などと言い張った。

栄がそんなにカネを持っていると、なぜXには思えるのかはわからなかったが、あくまでも「会社のカネ」ではなく、「栄のカネ」だと言う。

「ほな、栄からいくらもらったんや？」

私は少し面倒くさくなって、こう聞いた。

「……三百万円くらいです……」

それを聞いて私は逆上した。

「そんなわけないやろ!?　ホンマのこと言え、コラ！」

「ひええっ！」

私が語気を強めると、Xは怯(おび)えた。

「新しく会社までつくって三百万円のわけあるか！　バイクと新車と会社のダンプだけでもナンボすんねん？」

「はは……は、八百万円くらいですぅ」

「ほうか……。今すぐ返せや」

「そんな……に、二、三カ月待ってください」

「そんなに待てるか！」

「でも、これは栄さんに借りたお金ですから……」

「そんなわけあるかいや……」

私はあきれて言った。

いつもタバコ銭にすら困っていた男が、バイクを買い、新しく会社をつくっているのである。

小さな会社であっても、設立にはカネと時間がかかるものである。登記や事務所の賃貸契約を含めた設立の諸費用、営業用ダンプの購入費用、運転資金、さらには退職前に買っていたバイクや自動車の代金を含めれば八百万円で足りるわけはない。

しかも、栄はXとの時間を過ごすためにアパートまで借りている。

それほど高額な物件ではないようだったが、今風に言えば「ヤリ部屋」ということである。

これも相当気持ち悪い話である。

これらをトータルすると、どんなに少なく見積もっても、Xに費やしたカネだけで一千万円は超えているだろう。

Xももちろん一円も返せないだろうが、一筆は取ることにした。

このときも、やはり「会社にではなく栄に返す」と言い張った。

もちろん返済方法や期限などは示せなかったし、今になっても返金どころか連絡もいっさいいない。

そもそもXが今、どこで、何をしているかもわからない。

栄さんから　借りた　800万は
栄さんに返金します。
返金日は　後日　決めます。

H30（引用者注＝二〇一八年）・2・23　X（引用者注＝原文は実名）

栄は、このMKRの設立について関与を否定したが、栄本人が会社の顧問税理士に会社の設立などを相談したことが明らかになっている。

また、会社で貸与していた栄のパソコンにはMKRの業務関連書面や画像が複数保存されており、会社の業務時間内にMKRの業務に携わっていたのは間違いない。

五億円の横領から見れば小さなことではあるが、業務外のことを会社の業務時間中に会社のカネで処理するのも、立派な「不正行為」である。

また、「家族の介護」を理由にしばしば休暇を取っていたが、実際には介護していないこともわかっている。

年休（年次有給休暇）であれば理由は問わないが、「介護をする」と言って休むのであれば、介護をしなくてはダメだ。

栄にとって、大きな不正も小さな不正も、すべて「日常」のことであったのだ。

「なあ……なんでよりにもよって、あんな栄みたいな泥棒のオバチャンとつきあったんや？」

私はXに聞いてみた。

Xはカネには困っていたが、まるきりのバカでもなく、仕事は真面目にしていたと思う。

「ええと……。メシでもなんでもカネを出してくれるし……こづかいもくれるから。騙しやすかったんです」

「………」

居並ぶ役員たちの前で、「オバハンは騙しやすかった」と言い切れるXもXである。その場で聞いていたみんなが驚いていた。

だが、カネをくれれば孫のいるようなオバチャンにでもついていく男は、Xだけではなかった。

あの「ミッキーハウス」で暮らした愛人

栄の横領事件を有名にしたのは、なんといっても「ミッキーハウス」である。エントランスから何からミッキー仕様で気味が悪いので、もともと近所でも有名であったことは先にも書いた。

また、還暦間近の栄がミッキーマウスのガールフレンドであるミニーマウスの大きなリボンをつけて「若い男」と写っている写真もインターネット上に大量に流出し、これも「いい年をして気持ち悪い」と話題になった。

この「ミッキーハウス」で栄と逢瀬を楽しみ、東京ディズニーランドに何度も通っていたのが、Zである。

「最初は二日に一度くらい家（引用者注＝「ミッキーハウス」のこと）で会っていた。室内にヴィトンを約三十個積んでいたけど、横領していたとは」

栄の「不倫相手の一人」が、『週刊文春』（二〇一八年十一月十五日号）でこう話している。おそらくZである。

このZも、私の会社の従業員であった。

この男も仕事ができたのに、なぜか栄とデキてしまったのだ。

今は建設業に従事する若い男がただでさえ少ないのに、あんなオバチャンとデキて辞めてしまうのか。「もったいない」のひと言である。

そして、ZはXと違って栄のことを「好きでした」と私たちの調査に対して明かしている。

いろいろな趣味の人間がいるものである。

だが、「好きだった」と言っておきながら、Zは事件の発覚後に栄から盗んだらしい一千万円ほどのルイ・ヴィトンの製品を売りさばいて二百六十万円ほどを得ていたことがわかっている。この件で、栄の姉から告訴されているのだ。

泥棒の連鎖は、とどまるところを知らないということである。

栄は、Ｚとの時間のために「ミッキーハウス」を建て、一泊三十万円以上する東京ディズニーランドのホテルに一緒に何度も宿泊した「はず」であった。

だが、報道などによると、近所の人が「ミッキーハウス」の住人は週に一回程度しかやってこないことや、「オバハンは同じだが一緒にいる男はいつも違う」ことなどを話していた。

実際には、Ｚ以外も引き込んでいた可能性があるのだ。

ただし、インターネット上で見つかるのは、「栄とＺのツーショット写真」が圧倒的に多い。

栄は自分のフェイスブックに東京ディズニーランドでのＺとの写真をたびたび載せていた。

この写真がネット上に流出したようだが、Ｚのフェイスブックも東京ディズニーランドの写真が満載だった。

栄もＺも、そしてＸもなぜかみんなフェイスブックが大好きで、住所を含めてネット上に自分の個人情報をさらしまくっていた。

いったい何が楽しくてそんな情報をさらすのか、さっぱりわからない。

すでに三人ともフェイスブックは閉鎖しているが、今でも栄緑（北村緑）の名前で検索すると、多くの画像や転載情報が見つかる。それらの画像に罵詈雑言が添えられたページもたくさん残っている。

よほど「ミッキーハウス」と、若い男との東京ディズニーランド不倫旅行が妬ましかったのだろうか。

栄たちの元のページは消えても、転載された情報はネット上に永久に残される。

インターネットの怖さとメリットは、これなのだ。

「コピー屋」の男

「今度の社長は、オバハンらしい」

栄が逮捕される何年か前から、兵庫県内の建設業者のあいだでこんな話が出ていたと、あとになって聞いた。

もちろん、「オバハン」とは栄である。

このような噂になるほど社内外で意味もなく威張り散らし、自分に取り入る営業担当者たちを優遇してきたのだ。

建設業者はもちろん、宅配便から事務所の什器など会社に必要なものに関連する業者に対してとにかく尊大に振る舞うので、「社長」と思われたのだろう。

繰り返すが、これは私にも責任がある。

「経理担当者」の仕事とは、いつも現場に出ていて不在がちの私に代わって、会社のカネを動かすだけだと思っていた。

私が指示した金額を私が指示した相手や口座に払い、記録を税理士に渡す。それだけでいいのだ。

だから、難しい仕事ではないと思っていたが、栄は最初から横領するつもりで入社し、私の目の届かないところで業者に対して権勢を振るっていたのである。

夫のKが出世できたのも、栄が私に無断でKが関連会社に勤務する大手建設機械メーカーから高額の建設機械を購入していたからでもある。

私の決裁を経ずに勝手に私の名前で事務の処理をしていたので、私には知る由もなかった。

会社に出入りする関連業者の営業担当の男たちは、栄がカネを動かせると見ると、気を使い、媚びるようになったのだろう。一件でも多く仕事が欲しいからだ。

栄は、それをいいことに、社内の男だけでは飽き足らず、営業マンたちのなかから「お気に入り」を見つけていたのだ。

そのうちのひとりが、パソコンやコピー機などのOA機器販売会社の営業担当であった。

建設業の業務では、大きなサイズの図面のプリントや鮮明な現場写真が必要なので、プリンターやコピー機は一般事務用より精密で高額な機器を使う。

高額の機械をひとつでも多く売り込みたいと思う営業担当と、若い男とつきあいたいという栄の需要と供給（?）が一致したようだった。

栄は、この営業担当ともしょっちゅうデートを重ね、業務用のパソコンやプリンターのほかに使いもしない事務用機械や大量のコピー用紙などを買い込んでいたことがわかっている。

栄は、さらに、自分の娘やXにまで営業担当を通じて高額のパソコンを買い与えていた。

それだけではなく、営業担当にもたびたびこづかいを与えていたことも調査済みである。

すべて会社から横領したカネである。

そして、この大量のコピー用紙は、まだ使い切れずに今も会社の倉庫に眠っている。

「ネットハウジング」の男

栄は、不動産業者の男ともつきあっていた。

今どきのネットハウジングを手がけている業者で、栄はその男からXとの愛の巣のアパートを借りたのだ。

不動産業者とは、よく三木市内のステーキハウスでデートしていたことがわかっている。

なお、もうひとり、私の会社のある従業員ともダブル不倫の関係にあったことがわかっているが、かなり前に退職しているので、ここでは書かない。

この従業員もなかなか仕事ができて見込みがあったのだが、辞めてしまった。本当にもったいないことである。

そして、私はカネの力の恐ろしさも再認識した。

栄は、横領したカネで多くの男たちと関係を持つことに成功したのである。

夫や子どもだけではなく孫までいるのだから、カネがなければ誰も見向きもしなかっただろう。

最終的には自己責任であり自業自得なのだが、これらの男たちも栄などとかかわっていなければ……とつい思ってしまう。

二〇一九年の夏に、「不倫をする人は、仕事でも不正行為を行うことが多い」というアメリカの大学の論文がネットで公開されて話題になったと編集者から聞いた。

アメリカの「既婚者向けの出会い系サイト」の登録者を調査した大学の研究チーム

によると、このサイトの利用者たちは、利用していない人たちの二倍も不正行為をしていたというのだ。

要するに、「配偶者を騙すような人間は、ほかの人間も平気で騙せる」ということだ。以前は男の浮気は大目に見られたものであるが、時代はそうもいかなくなってきている。

栄にはわかっているだけでも四人も不倫相手がいたのだから、ケタ外れの不正行為を繰り返したことは学術的にも根拠があるということになる。

学問の裏づけがあったところで、私には一銭も戻ってこない。

だが、今後の会社経営の参考にはなる話だと思うので紹介しておく。

なお、この調査によると、セクハラをする者も不正をしやすいという。

令和の世になっても「男の世界」である建設業界では、セクハラも問題になりにくいのが現状であるが、これからは変わっていくのだろうか。

第三章
裁判

「反省している様子はなかった」

二〇一八年十二月十三日、栄の業務上横領事件についての初公判が開廷された。ワイドショーの反響が大きかったせいか、県内外の主立った報道機関はみんな取材に来ていた。

カメラに追い回されるのは抵抗がないと言えばウソになるが、私は栄の犯罪を知ってほしい一心で裁判所に足を運んだ。

ただし、私は事件について法廷で述べる機会は与えられなかった。

検察官の取り調べの際に、「栄に対しては厳罰を希望している」と話しただけである。意見陳述をさせてもらえなかったことは、今でも残念に思っている。

法廷ドラマの場面のように、「裁判長、ちょっとええですか？」と手を挙げ、裁判長と栄夫婦の前で、夫婦の悪行を糾弾したかった。

「従業員が現場で必死になって利益を上げ、そのお金を集計するだけの経理が盗む。

追及すると盗んだお金で弁護士を雇い、雲隠れ。全従業員が栄を許せない気持ちです」

これは、私の会社の社内会議で出た意見をまとめたものである。

被害者は私ひとりではない。

みんながんばって働いたカネを栄はごっそり盗んだのだ。

せめてこれくらいは、法廷で言いたかった。

ところで、なぜ私には意見陳述が許されなかったのか。

理由はわからないが、被害者の意見陳述については、検察官の裁量もあるようだ。

裁判所の公式ホームページには、「被害者等は、希望する場合には、被害感情その他の事件に関する意見を法廷で述べることができます。この意見陳述により、被害者等は一定の範囲で刑事裁判に主体的に関与することができ、また、被告人に被害感情や被害の実態を十分に認識させることになれば、その反省や立ち直りにも役立つ場合があると考えられます」とある。

このことについて、刑事訴訟法は、「裁判所は、被害者等又は当該被害者の法定代理人から、被害に関する心情その他の被告事件に関する意見の陳述の申出があるときは、公判期日において、その意見を陳述させるものとする」（第二九二条の二第一項）としている。

また、被害者の陳述を聞いた裁判官は、被害者に質問もできる（同第三項）が、第二項に「前項の規定による意見の陳述の申出は、あらかじめ、検察官にしなければならない。この場合において、検察官は、意見を付して、これを裁判所に通知するものとする」とある。

おそらく私の陳述は、取り調べで話した内容と同様であり、法廷でわざわざ話すことではないと検察が判断したのだろう……と思うことにしている。

「不敵な笑み」を浮かべ……

栄の公判は四回で、私はすべて傍聴した。

栄は起訴内容をほぼ認めているので、それほど日数はかからないのである。

そして、四回の公判中、栄は一度も私のほうを見なかった。

だが、弁護人には威張っているように見えた。

廊下で、傍聴マニアらしき女性たちが「ミッキーハウスの被告人、なんか弁護人より威張ってるねえ」と話しているのを聞いたが、私もそのような印象を持った。

初公判については、多くのマスコミが来て、記事を書いていたが、先にも少し書いた産経新聞の土屋宏剛記者はちゃんと取材している印象を持った。二〇一九年一月二日付の記事で、土屋記者はこう書いている。


初公判では検察側から「着服金をブランド品購入や旅行にあてていた」と暴露されたが、北村被告は不敵な笑みを浮かべるなど反省している様子はなかった。


被害者である私が「不敵」とか「図々しい」などと書いても、説得力に欠けるかもしれない。

だが、記事のとおり、第三者から見ても、栄は「不敵」だったのだ。

（略）「着服額は3千万円程度で全額必ず返済する」と釈明していた。（略）
会社側は（略）さらに調査を進めたが、北村被告は裁判所に自己破産を申請。1円も返済しないまま会社と連絡を断ち、行方をくらませた。同社は着服額が計約5億円に上るとして、昨年（引用者注＝二〇一八年）9月に刑事告訴に踏み切った。

このように栄の犯罪をわかりやすくまとめ、私の言葉も過不足なく書いてくれた。

神行社長は「他の社員は会計ソフトの使い方すら分からない状況で、経理を正確に把握していたのは北村被告だけだった。妻が病気になり大変だった時期も文句を言わずにやってくれたため、信用しきっていた」と唇をかむ。（略）

神行社長は「初公判ではあまり反省しているようには見えなかった。自己破産を申請している以上、会社の資金も返ってこない。15年にもわたって会社や従業員を裏切り続けたことをどうにかして償ってほしい」と声を絞り出した。

最初から公正な目で取材をすれば、事実は見えてくるものなのだ。この記事は、今もインターネット上で読むことができる。いつまでも掲載していてほしい。

次回公判からは追起訴分も合わせて審理されることになるが、裁判の中で事件の詳細がどこまで明らかになるかは不透明だ。

土屋記者はこう分析したが、残念ながら、この見通しも当たってしまった。被害額の五分の一程度しか起訴されず、栄の判決は確定することになる。

見物人も押し寄せる「ミッキーハウス」

栄の横領事件において、五億円という金額とともに注目を集めたのが、「ミッキーハウス」であったことは先にも書いた。

私の会社の本社から車で十分ほどの新興住宅地に建つ、ひときわ目を引く、すべてがミッキーマウスで覆われた家である。

車寄せにも、玄関にも、壁にも、インターフォンにも、すべてにミッキーがいる「ネズミ屋敷」なのだ。

もともと近所では「変な家」として有名だったらしいが、栄の横領事件によってテレビや新聞などで大きく報道されたことで、全国的に知られることになった。

土地代は約千二百万円、建築費は約二千八百万円で、さらに不動産取得税などで総額四千三百万円ほどの物件である。

「あんな山のなかで四千万円なんて……」

報道で金額が明かされると、近所では、こう噂になったという。

たしかに立地はよくない。山のほぼ中腹にあたるようなところで、自動車がなければ住むのは難しいロケーションである。

高いとはいえ大物芸能人のような「大豪邸」でもないが、世のミッキーマウスのファンの嫉妬を買い、怒らせるには十分だったようだ。

国内にミッキーファンがどれだけいるのかは知らないが、この家が多くのミッキーファンを激怒させたのである。

「いい年してキモい」

「ミッキーがかわいそう……」

インターネット上ではこんな書き込みが目立ち、一時期は見物人も押し寄せていたようだ。

なぜ、そんな家を建てようと思いつくのか、まったく理解できない。

「ミッキーマウスが大好きで、こういうふうにつくれると聞いたから、建てました」

栄は、公判の被告人質問でこう答えたが、さらに「ミッキーマウスより、ミニーちゃんのほうが好き」とトンチンカンなことも言っていた。

ミニーとは、ミッキーマウスのガールフレンドなのだというが、だからなんだというのだろう。

「ミニーちゃんは、かわいくって別世界。私のアイドルなんです」

栄は還暦も近く、孫もいるのに、この世界観である。

こうなるともう気味悪さしかないのだが、自腹なら別になんでも構わない。ネズミ屋敷でもアヒル屋敷でも自分で働いて稼いで建てればいいのである。

「ミッキーハウス」もルイ・ヴィトンのバッグも、すべて横領で得たものであるのに、栄に盗むことへの罪悪感がまったくないことが、私はいちばん恐ろしい。

そして、栄の夫も、父親も、姉も、私に対して謝罪のひと言もないことも恐ろしいと思った。

「掃除ロボット」購入で発覚

この家について、栄の所有だと私たちがわかったのは、通販の領収証であった。

悪い冗談のようだが、「ミッキーハウス」は兵庫県の「三木市内」ではなく、隣の小野（おの）市内にある。

市は違っても、私の会社からも栄夫婦の自宅からもそれほど離れてはいない。

この家の存在をKが知らなかったはずはなく、勝手に家を建てるような妻をどう思っていたのか、今も謎のままである。

それはさておき、会社の経理用ファイルから高額な飲食店の領収証のほか、スーパーや家電量販店などの領収証が大量に出てきたことは、前にも書いた。

そこに、会社で使うはずもない掃除ロボット「ルンバ」の領収証も含まれていたのを息子の妻Mが見つけたのである。

ルンバとは、二〇〇二年にアメリカのメーカーが開発した掃除機で、搭載されたセンサーがホコリやゴミをキャッチすることで知られる。

人が動かさなくても、勝手に床の上を回って動くので、日本国内でも発売されると瞬く間に人気商品になった。

「お義父さん、ルンバとか買いました?」

「ルンバ?　なんやそれ?　知らんわ」

「おかしいですねえ?」

Mが領収証にあった商品の送付先の住所をインターネットで検索すると、「ミッキーハウス」に突き当たったのである。

「何？　このミッキーだらけの家は……」

私たちは驚いた。

この珍妙なミッキーマウスまみれの家に、なぜうちの会社でルンバを買って送らなければならないのか？

もちろん「犯人」はすぐにわかった。

日ごろから異常なほどのミッキーマウスへの偏愛ぶりを隠しもしない栄以外、こんなことをするのは考えられない。

でも、家族で暮らす家があるのに、なぜこんな山のなかに、こんな家を建てるのか……。

そもそもカネはあるのか……。

謎が多かったが、栄に確認すると、すぐにあっさり認めた。

「ルンバなんか、買うたんか？」

「はい」

「経費で？」

「はい。経費で買いました。弁償します」

とにかく、すべてこの調子である。

このあと、謝罪がないまま、栄は破産宣告を受け、起訴されて有罪判決を受け、服役した。

恐怖のゴミ屋敷

現在、「ミッキーハウス」は私が所有し、売却を進めている。

家の仕様はもちろん立地も悪いので、売却は難航しているし、個人的にもまったく不要だが、私が意地だけで買ったのだ。

少し値下げしたが、やはり売れない。

だが、仮に売れなくても、栄夫婦からは今後もできるかぎりのことをして、横領された分を取り返したいと思っている。

この「ミッキーハウス」に私が初めて足を踏み入れたのは、所有権を取得してすぐの二〇一八年六月ごろであったと記憶している。

息子たちとともに「ミッキーハウス」を訪れた私は、家の惨状に目を疑った。

とにかく「汚い」のである。

悪臭がひどく、ゴキブリもたくさんいた。

私たちが見ることはなかったが、ネズミもいたと思う。本当の「ネズミ屋敷」だったのだ。

ミッキーマウスやミニーマウスを「好きすぎる」から建て、さらに愛人との逢瀬に使おうというのであれば、普通なら神経質なほど清潔にしておくものではないのか。

だが、それができないのが栄なのだ。

最初から使う気もない掃除ロボットを買ったせいで、多額の横領がバレたのは皮肉なことである。

神さまはちゃんと見ているということだ。

家のなかは、カーテンやトイレのカバーも「オールミッキー」で、さらにいたるところにルイ・ヴィトンの包装紙や箱、通販の段ボール箱などが無造作に積み上げられていた。

そして、愛人のZと東京ディズニーランド旅行で買ったらしいミッキーマウスのグッズも大量に放置されてホコリにまみれていた。

そこに、さらに大量の生活ゴミがあふれているのだから、まるで化け物屋敷である。

家じゅうに缶ビールの空き缶やウイスキーの空き瓶、紙くずがあちこちに放置され、キッチンのテーブルには醤油(しょうゆ)などたくさんの調味料の瓶が並べられ、食器類は床にそのまま置かれていた。

ベッドの上もゴミだらけで、寝るどころか座ることもできない。

さらに、浴室も異常に汚かった。

これではミッキーもルイ・ヴィトンもいい迷惑である。

これらの放置されていたキーホルダーなど、ミッキーたちのグッズはホコリまみれで汚く、転売はもはや不可能に思えたので、ほかの生活ゴミとともにすべて処分した。

生活ゴミだけで四トントラック三台分、ミッキー関連だけで二トントラック二台分となった。

先にも書いたが、栄夫婦の家も似たようなありさまで、価値はまったくないどころか、「ミッキーハウス」ともども私の負債になっている。

ゴミの量でいえば夫婦の家のほうが長く住んでいることもあって、正真正銘のゴミ屋敷であった。

この家からも、ルイ・ヴィトンほか膨大な数の高級ブランドの袋や箱が見つかっている。

こんなものが広くもない家に散在していて、夫はおかしいと思わなかったという。

十分におかしいではないか。

これらはいずれも自分で汗を流して働いて手に入れたものではないから、愛着が湧かないのだろう。

当然である。

だが、「片づけられない」というのは、脳に問題があるという。

他人のものを盗んでなんとも思わないのだから、それは「脳に問題がある」としか言えない。そんな分析は、私にとってなんの救済にもならない。

だが、栄は公判廷で「ルイ・ヴィトンを持っているだけで、テンションが上がる」と言っていた。

「（夫との不仲などの寂しい）気持ちを満たしてくれるものが、ブランド品だった」「ブランド品は買って置いているだけで満足」などと目を輝かせていた。

「盗んだもの」を「自分のもの」のように語れる「脳」の持ち主ということだけは、よくわかっている。

弁護士への疑念

北村氏においては、貴社（引用者注＝有限会社C）及び株式会社S（引用者注＝原文は実名）の経理担当者として業務を行う際、その資金につき横領行為をした事実は存在しています。

北村氏は、そのような行為に関して深く反省し、まずもって、ご迷惑をおかけした貴社に対する心からの謝罪の気持ちをお伝えすると共に、現在、被害弁償等を考えて資金の工面を行っていることをお伝えいたします。

栄の代理人、T弁護士から、このような通知が来たのは、二〇一八年二月のことである。

北村氏が行った横領の金額について、北村氏の認識としては、貴社及び株式会社S（引用者注＝原文は実名）に関するものを合計して約３０００万円程度であると考えています。もっとも、この金額についても、北村氏において詳細が不明であるために概算としてお伝えするものです。北村氏自身も調査をし、貴社に対して説明をしたいと考えているところでありますが、金員の流れに関する資料はすべて貴社が管理されており、北村氏はその詳細については記憶を頼るほかなく、自ら横領した金額に関しては明確にお伝えすることが困難な状況（略）。

私たちは、横領の被害者であるのに、「いくら盗まれたか」をきちんと証拠ととももに証明しなくてはならない。

気が遠くなる話であった。

三千万円では、「ゼロがひとつ違う」どころの話ではない。

五億円の被害を証明するのがどれだけ大変なのかはわかっている。

だが、栄が盗んだカネは、なんとしても取り戻さなくてはならない。

弁護士費用も隠したカネから出しているはずである。

栄は、民事の代理人としてこのT弁護士のほか刑事の弁護人として二人の弁護士を雇っている。

退職して破産宣告も受けているのに、三人もの弁護士を雇えるものであろうか。

また、栄は公判前に保釈されているが、保釈の際に納める保釈保証金は六百万円だったと聞いている。

一般社団法人日本保釈支援協会の公式ホームページによると、保釈制度とは、「保証金納付等を条件として、勾留の効力を残しながらその執行を停止し、被告人の身柄を解く制度」だという。

刑事裁判における「無罪推定の原則」によって、逃亡や証拠隠滅の心配がなければ、保釈金を担保にして被告人の身柄を自由にするという発想が根底にあるそうだ。

無罪推定は、栄にはいっさい関係ないが、そういう制度であることはわかった。

この保釈保証金の金額は、刑事訴訟法で「犯罪の性質、被告人の資産などを考慮して決められる」（第九十三条第一、二項）とされているが、最終的には裁判官の判断だという。

報道によると、元プロ野球選手の清原和博（きよはらかずひろ）氏が五百万円、ホリエモンこと堀江貴文（ほりえたかふみ）氏が六億円だったそうで、栄などもっと高くてもいいと思うが、払えるとしても私たちから盗んだカネである。

本来は、栄は破産しているのだから、そんなカネが払えるわけがない。

「保釈金は、元夫（K）が払った」と言っているようだが、離婚した夫に払わせるものだろうか。

私は、これも会社から横領したカネだと確信している。

そして、この雇われている弁護士たちも、栄をかばうような態度に終始して私をいらだたせた。

とくに、二〇一八年二月十四日付で栄の代理人に就任したT弁護士に対しては、今も疑念しかない。

T弁護士は、「過労死弁護団」のメンバーでもあり、過労死の裁判に関連してメディアにもコメントしていることがわかっている。

自分も過労死しないようにしているらしく、とにかく仕事が遅い。

被害弁償について栄が所有する不動産や動産の査定に異常なほどの時間がかかった。

栄が横領したカネで買ったルイ・ヴィトンなどはとにかく点数が多すぎるので、時間がかかるのもわかるが、それにしても遅すぎる印象だ。

また、栄が勝手につくった兵庫県信用組合の小切手帳はすぐに返還するよう要求したのだが、当初は「栄が紛失した」と返答してきた。

だが、実際には小切手帳は栄が隠し持っていたことがあとでわかる。

栄によって「発見」されたというのだが、発見後もすぐには連絡がなく、誠意がまったく感じられない。

一方で、T弁護士が作業を怠っているあいだに、栄はブランド品をネットオークションで売りさばいて換金していたこともわかっている。

私たちからすれば、横領した財産の隠匿行為としか見えない行為を繰り返しているのだ。

なお、栄は実姉に一部の財産の処分を任せているが、そのカネが「行方不明」になっていることは、T弁護士から示された財産目録からわかっている。

これも財産を姉に隠してもらっているとしか思えないが、これについてもT弁護士は放置しているようだ。

さらに、T弁護士から開示された預金口座には「謎の高額の入金」も目立つ。別の口座からではなく現金で入金されているのだ。すでに無職なのに、なぜ多額の現金が存在するのか。

これらのカネについても、T弁護士に対して早急な保全を望んでいたのだが、結局かなわなかった。

私が初めてT弁護士と同席したのは、栄の破産管財人と債権者による債権者委員会のときであった。

「栄さんが『ひと言おわびしたい』と言っています」

T弁護士がこう言った。

「……すみませんでした」

栄は、小さな声でそう言ったが、私は口先だけの謝罪などいらない。

「悪い思うてるなら、すべて話したらどや？」

「………」

私がそう言っても、何も話さなかった。

弁護士に余計なことを言わないように釘を刺されていたのかもしれないが、洗いざらい話して謝罪してくれれば、私も告訴や損害賠償請求などはしなかった。

二〇一八年四月に栄は神戸地裁により破産宣告を受けることになるが、それに先がけて私たちは栄の財産を保全するため栄の破産の申し立てを行っている。

その際にT弁護士についても書いているので、紹介しておく。

おそらくT弁護士も内心では栄の虚言に困っていたと思うが、それより私たちのほうが困っていたのである。

1　（略）同弁護士（引用者注＝T弁護士）においては、被害弁償等の申し入れを中立会社（引用者注＝私の会社）に対して行い、中立会社代理人との間で、これの交渉を行ってきたが、遅々としてこれが進まず、中立会社側より強く申し入れるに至って、ようやく不動産や動産類の査定を行う、その査定すらも全く進まないなど、被害弁償に対して真摯な姿勢が皆目見られなかった。

さらに、同弁護士が受任後すぐの段階で、とにかく（引用者注＝栄が勝手に発行させた金融機関の）小切手帳の返還だけは至急行われたい旨の連絡を入れ、強く要望していたにもかかわらず、被申立人（引用者注＝栄）の虚言を漫然と受け廃棄したなどと繰り返し、挙げ句に同弁護士は、小切手帳を被申立人が保持していることを認識したにも関わらず、中立会社側にこれを即時に伝えることを怠り、結果的に、中立会社においては、公示催告の申し立てを行わざるを得なくなった（同弁護士が認識した時点で、即時に中立会社側に伝えていれば、この中立は行われなかった）。

以上のような状況の下であるが、被申立人においては、T弁護士（引用者注＝原文は実名。以下同）についても虚言を再三申し向けているようであり、T弁護士からの回答についても、次々に内容が変遷している状況である。

かかる状況の間にも、被申立人は夫と離婚したり（偽装離婚の疑いが強い）、所持しているブランド品の処分を繰り返したりしており、財産の隠匿行為が進められている。

2　また、T弁護士から示された財産目録（甲17）や、これまで中立会社らにおいて行ってきた調査からは、被申立人は、財産の処分を自身の姉にさせた上で、その売却金が行方不明になるなど、被申立人から身内に対して財産の横流しが行われている可能性が極めて高い。（略）

3　なお、中立会社においては、決算期が4月であるにもかかわらず、被申立人は、平成29年（引用者注＝二〇一七年）秋頃から自身の横領行為の発覚を防ぐために書類の隠滅、偽造等を繰り返し、以降の帳簿等を全く作成していなかった。

本件横領行為を被申立人本人が認めるに至った後も、平成30年（引用者注＝二〇一八年）1月末頃からは、決算に備えて、怠っていた帳簿の記帳等を行うという約束で出社していたものの、実際には、この期に及んでも証拠隠滅を図ったり、帳簿の改ざん行為を行っており、これを注意すると、T弁護士介入後、同弁護士より体調不良や精神状態が不安定などとの理由によって、出社拒否を通達され、本年3月5日以降は一切出社していない。

その間にT弁護士からの申し入れにより、被害弁償の話を進めていたにも関わらず、同弁護士より具体的な提案は一切ないため進展せず、挙げ句に自己破産をするなどと申し出があった（略）。

求刑は懲役六年

二〇一九年三月二十五日の栄の裁判で、検察は「私利私欲で散財を繰り返した」として懲役六年を求刑し、この日で結審した。

これに対して弁護側は、すでに栄が破産宣告を受けていること、私や会社への弁償を準備していること、報道により社会的制裁を受けていることなどを理由に執行猶予つきの刑を求めた。

業務上横領の最高刑は十年である。

十年でも短いのに、六年とは短すぎる。

ある程度は想定内ではあったが、落胆した。

それに、弁護人もふざけているとしか思えなかった。

五億円も横領しておきながら、反省どころか盗んだカネや宝石をまだまだ隠しているくせに、執行猶予を求める神経がわからない。

そして、それよりおかしいのは弁護人のギャラである。

先にも書いたが、栄の刑事裁判の二人の弁護人は国選ではなく、私選である。

栄はとっくに自己破産しているのに、なぜ二人も弁護人をつけることができるのか。

これについても今後も調べていこうと思っている。

栄の弁護人、M弁護士（兵庫県弁護士会）は、「取り調べの可視化」を提唱していることでも知られる。

M弁護士は、小沢一郎衆議院議員の元秘書だった石川知裕元衆議院議員を講師に、取り調べの可視化の重要性をテーマにした講演なども開催しており、神戸新聞などで紹介されていた。

石川元議員は、小沢議員の資金管理団体、陸山会の土地購入をめぐる事件で、政治資金規正法違反容疑で逮捕、起訴され、執行猶予つきの有罪判決を受けている。

公民権停止が解除され、二〇一九年四月の北海道知事選挙に立候補して話題になったが、落選している。

多忙な業務の合間を縫って勉強会もしているような優秀な弁護士が、なぜ栄の弁護人などを務めるのか。

自己破産している者からの報酬について何も考えないのだろうか。

そして、これらを検察や警察は、なぜ問題にしないのか。

(おかしなことばっかりや……)

法廷で傍聴しながら、私はそう思っていた。

「犯行動機は身勝手」

結審から二週間後の二〇一九年四月八日、栄の判決が言い渡された。

「ミッキーハウス」事件の判決とあって、初公判ほどではないが、相変わらずマスコミは来ていた。

裁判所の前にカメラが並んでいるのが遠くからでもわかる。

テレビ局は、保釈中の栄が自分で車を運転して裁判所に入ってくるところから中継していた。

「現在、午後三時、北村被告が神戸地方裁判所に入っていきます……」

ワイドショーでよく見る場面である。

私は「ホンマにこういう中継をやっとるんか……」と驚いた。

神戸地裁第一刑事部の法廷に入ってきた栄は、しれっと被告人席に座った。保釈されているので手錠や腰縄もないのは当然だが、それも腹立たしい。

そして、やはり私のほうは一度も見ない。というか、後ろめたくて見られないのだろう。

私も見たくないので別にいいが、こんな態度で「謝罪の意思がある」と言われても、誰も信用しない。

神原浩裁判官が入廷し、全員が立って一礼する。

裁判官がこう言い渡します。被告人は前に出てください」

「判決を言い渡します。被告人は前に出てください」

裁判官がこう言い、栄が従うと、判決が読み上げられた。

「主文。被告人を懲役四年六月に処する。なお、未決勾留日数のうち五十日をその刑に算入する」

それを聞いた栄は、髪に手をやり、ペロリと舌を出した。

「ヘヘッ、やってもた……」

そう言っている顔であった。

(なんや、その態度は……。しかも二カ月近くも懲役をオマケしてもらえるんか……)

私は愕然としてしまった。

日弁連（日本弁護士連合会）のホームページによると、「未決勾留」とは、「判決が決まるまでの間に、被疑者、被告人を拘束しておくことで、裁判官によって決定される」とされる。また、未決勾留日数の算入とは、「量刑を決めるときに、判決が決まるまでの間に拘束されていた日数の全部かその一部を、すでに刑を受けたものとみなすこと」である。

判決が出る前に拘置所にいた日数を二カ月分も懲役から引いてもらえるとは……。

さらに、栄は初犯なので仮釈放もつけられるだろう。

そうなると獄中にいるのは、正味四年くらいであろうか。

私はもはや怒る気力もなかった。

主文に続いて、裁判官は理由を読み上げた。

本件は、（略）同会社及び関連する任意団体の金銭を自己使用目的で着服し、合計1億0425万0343円を横領した業務上横領の事案である。

被告人は、元夫の紹介によりS（引用者注＝原文は実名）に入社し、従業員として経理事務等を担当していたところ、同社の代表から信頼され、経理事務等を一任されるようになり、最終的には同社の取締役等に就任したところ、その信頼を悪用し、常習的に横領を繰り返し、本件各犯行に及んだ。

栄は、自分のことを言われているのに、実感はないようだ。他人事のように聞いているように思えた。

（略）生活する上で十分な収入を得ていながら、奢侈な生活を送るため、会社のみならず従業員が金銭を出し合った互助会の財産まで領得しており、犯行動機や態様は著しく身勝手である。

被害会社代表者は被告人に厳罰を希望しているが、それも当然である。（略）

被告人は、本件各犯行を認め、領得の事実や金銭の使用先、常習性などについて正直に話し、反省の態度を示し、反省の態度を示している。

（略）被告人が負担する債務全体につき、被害会社代表者に対し既に1000万円が返済され、また被告人の破産手続において数千万円の破産財団が構成されており、そこから相当程度の配当が見込まれる状況にある。（略）

（略）本件被害の大きさ等に鑑みると、刑の執行を猶予することはできない。

理由を静かに読み上げた裁判官は、栄に聞いた。

「以上です。最後に何か言いたいことはありますか？」

「……自分が、犯した罪で、従業員をはじめたくさんの方に迷惑をかけてしまいました。これからは、罪を償って更生していきたいと思います。申し訳ありませんでした」

私の名前や、「社長」という言葉は最後までなかった。

報道によると、「うつむき加減で、拳を握って判決を聞いていた北村被告は、目に涙を浮かべて」法廷から出たというが、涙は出ていなかったと思う。

社内での横領の調査でも、私たちが追及すると、よく泣いていたが、「涙が出ていない」ことを周囲から指摘されていた。

〝ウソ泣き〟でも、泣けば許されると思っているのである。

初公判に比べて報道の扱いは小さかったのは残念であるが、各紙が興味を持ってくれたのはありがたいと思った。

なお、毎日新聞の望月靖祥記者は、検察が「起訴内容の他にも約13年間にわたって横領を繰り返し、ブランド品の購入に2億円以上を使った」と指摘したことにも触れている。

他紙では報じられていないことであり、これも感謝している。

三木の横領　被告に懲役4年6月　地裁判決

勤務先や関連会社などから約1億4００万円を横領したとして、業務上横領罪に問われた三木市の土木工事会社の元経理担当役員、北村緑被告（56）＝神戸市西区＝に対し、神戸地裁は8日、懲役4年6月（求刑・懲役6年）を言い渡した。

神原浩裁判官は「ぜいたくな生活をするための著しく身勝手な犯行だ」と述べた。

判決によると、北村被告は会社の互助会口座から現金を引き出したり、小切手を現金化したりする手口で、２０１４年2月~17年12月に計約1億４００万円を横領した。

裁判で検察側は、起訴内容の他にも約13年間にわたって横領を繰り返し、ブランド品の購入に2億円以上を使ったと指摘。弁護側は「テレビで取り上げられて社会的制裁を受けた」などとして執行猶予付き判決を求めた。

判決理由で神原裁判官は「被害の大きさを考えると執行猶予は付けられない」とした。

だが、これらが起訴されなかったことは残念である。

第四章

奈落

栄緑の夫、Kの犯罪

まだ係争中なので、あまりくわしく書くことはできないが、私は平成の終わりに栄の夫であるKに対して損害賠償を請求して提訴した。

栄夫婦が住んでいた家のリフォーム代金約一千万円を会社から横領していた問題である。

もっとも実際にKが得た「不当な利益」とは、こんな程度ではない。今後も客観的な証拠が整い次第、別件でも提訴するつもりであるが、今回は証拠の書類がそろっているリフォーム工事の代金について提訴したのだ。

栄の犯罪とは、すなわち夫のKの犯罪でもあると、私は確信している。

この工事代金は、そのなかでもとくにわかりやすい例である。

二〇一〇年ごろに、Kが自宅の大規模な改修工事をしていたことは、私は本人たちからも聞いた記憶がある。

そのときはとくに気にもとめていなかったのだが、横領の発覚後に栄の使い込みについて過去の社内の経理状況を調べていたところ、会社が工事代金を払っていたことがわかったのである。

その手口は、こうだ。

まず栄は、会社に夫の家のリフォーム工事を発注した。

私や会社の関係者には知らされておらず、書類上だけの発注である。

元請けとなった会社は、別の建設会社を下請けとして、工事を「発注したこと」にした。

これも私は聞かされていないし、建設会社と請負契約なども交わしていない。

すべて栄が勝手にやったことだが、何も知らない建設会社は、受注の内容どおりに工事を終わらせた。

そして、会社に工事代金を請求し、会社は代金を支払ったのである。

通常であれば、会社は発注者である栄に代金を請求し、栄から支払われたカネを建設会社に支払うのだが、栄はそれをしなかった。

最初から会社に払わせ、踏み倒すつもりだったからだ。

私がまったく知らないところで行われていた、栄の横領の手口のひとつであった。

なぜ夫は「知らない」と言えるのか

「リフォームは妻が自分のカネでやったことなので、知らない。妻とはもう離婚しており、横領事件も自分とはいっさい関係がない」

Kの言い分は、このように一貫している。

栄の横領についてKに話を聞いたときも、ひと言の謝罪もないどころか居直ったことは、前にも書いた。

むしろKの上司だった大手建設機械メーカーの関連会社の幹部たちのほうが私に気を使ってしまい、Kに謝罪を促したというが、逆にふてくされる始末である。

「ヨメにあんな事件を起こされて、私のほうが迷惑してるんですわ」

こう吐き捨てるように言った。

なぜ、妻「だけ」のせいにできるのか。その神経がわからない。

おそらく最初からそのように仕組んでいたのではないかとさえ思ってしまう。

「神行社長と会社は管理がゆるいから、簡単に騙せる」

このように二人で示し合わせ、逮捕後の盗んだカネの隠し方などもすべて決めていたのだろう。そう思わざるをえない。

そもそも、なぜK名義の家のリフォームに妻である栄がカネを出したのだろうか。

K自身にもそれなりの収入があり、妻に払わせる必要はなかったはずである。

栄の収入は、有限会社Uの取締役に就任した二〇一四年以降は額面で一千万円、手取りで七百万円弱ほどになっていたが、リフォーム工事が行われた二〇二〇年ごろはせいぜい六百万円、手取りでは四百五十万円弱ほどだった。

その程度の年収で、「夫の名義の家のリフォーム代金」として栄が一千万円も出せるわけがない。

しかも夫とはいえ家の持ち主である。

持ち主である夫に黙ってリフォームする妻などいないだろう。

この家は、栄の判決が確定した二〇一九年四月に私の会社が買い上げているが、二〇一〇年のリフォーム後も、十年近く夫婦で住んでいた。

Kは、妻の金満ぶりを疑問に思うどころか、ともに飲食店で散財し、ルイ・ヴィトンの服に身を包んでいたのだから、同罪としか言えない。

また、Kは周囲からルイ・ヴィトンの服をほめられると、「ヨメが買うてくれたんですわ」といつも話していたとも聞いている。

また、栄のほうも夫にルイ・ヴィトンの男性用スーツや時計を買い与えていたことを認めている。

だが、『週刊文春』の取材に対してKは、「横領は気づかなかった」と繰り返し、ブランド品を妻からもらったことを追及されると、「もういいですわ」と自宅のドアを閉めている。

やはり、後ろめたいところがあるのだ。

そして、疑惑はまだある。

Kはつねに高級外車を新車で買い替えていた。

私が把握しているだけで、ミニクーパー、BMWのオープンカー、ポルシェ、メルセデス・ベンツの2シーターなどスポーツタイプを中心に新車を買い続けている。常識的に考えて、普通のサラリーマンが買える金額ではない。また、息子もほとんど働いていないのに新車のクラウンに乗っていることもわかっている。

これでも「妻とはもう他人だから、無関係」と言えるのだろうか。

夫婦どころか家族が同罪なのは、もうわかっていることだ。

私は、栄の横領の告訴状にもこう書いた。以下はその引用である。

特に、K（引用者注＝原文は実名）については、本件横領行為が明らかとなった際に、即座に被告訴人と離婚し、自身は既に無関係であるなどと述べて告訴人らに対する協力を一切行わないこととされました。

元々、告訴人代表者は、Kとの付き合いがあり、D社（引用者注＝原文は実名）に勤務していたKを通じて数十年にわたり多数の建築機械を購入し、これの功績によってKは同社支店長まで務めることとなりましたが、平成11年（引用者注＝

一九九九年）頃、K自身が自分の妻である被告訴人を従業員として雇用してくれないかと申し入れてきたので、告訴人において雇用したものでした。

それにもかかわらず、本件横領行為が告訴人らに発覚するや、即座に被告訴人と離婚し、自身は関係ないと言い張るKの態度からは、K自身にとっても後ろ暗（めた）いことがあるものとしか思われず、また、先に述べたように、被告訴人の収入とは到底見合わない贅沢を繰り返していたことを長年にわたって認識していたことからは、K自身も横領行為を了知していたものと確信しているとともに、定職に就いていない子らについてもその可能性は高いと考えております。

なお、私の会社で買い上げた栄夫婦の家を見に行ったら、これが度を越したゴミ屋敷で非常に驚いたことは、先に述べたとおりだ。

「ようこんなところに住めるなあ」

私は思わず声に出してしまった。

だが、転売のためには片づけなければならない。

ゴミの処理には大人数人で朝七時から十七時までかかり、四トントラックに十四台分のゴミが出た。

これらのゴミ処理に最終的に百二十万円ほどかかったので、内容証明郵便で請求書を送ったが、もちろん栄夫婦は一銭も負担しなかった。

これは、「ミッキーハウス」においても同様であった。

段ボール三百箱の押収書類

さらに私の「不運」は続いた。

栄の事件を受けて、私の会社に国税の調査が入ったのである。

栄の逮捕から間もないころ、朝七時ごろに会社と私の自宅にいっせいに兵庫県国税局の職員がやって来た。

建築業は朝が早いので、事務員たちには交代で六時には出勤させているのだが、居合わせた者たちによると、「もう大騒ぎでした」という。

テレビドラマのように、たくさんの国税局の職員が白い手袋をしてやってきて、書類をどんどん段ボールに詰めていくのをみんなで見ていたそうだ。

押収された書類は、合計で段ボール箱三百個にものぼった。

私も自宅の棚などを全部開けられた。

「これは、なんですか？」

若い職員が本棚に置かれていた封筒を手に取って聞いた。

「……まあカネですわね」

「なんのカネです？」

「……よう覚えてないです」

何か突発的なことが起こったときのために家に現金を置いておくのは、別に異常でもなんでもないと思う。

だが、「申告漏れ」を前提に疑ってやってきているのだから、最初からすべて「後ろめたいカネ」と見ているのだろう。

国税は、栄のしでかした「業務上横領」について、「従業員が業務としての行為のなかで起こした横領事件」だから、「会社の行為」であり、会社も「同罪」だとしているという。

裏で私が横領を指図していたという可能性すら捨てていなかった。

業務上横領事件の場合、横領される前の会社の売上を「利益」としてあらためて計算し、本来払うべきだった税金を請求するという。

つまり私の場合は、最低でも栄が起訴された一億円は「利益」として、あらためて課税されることになる。

これはもうムチャクチャというほかなかった。

「あのー、ウチは億単位のカネをいわされ（盗まれ）た被害者なんですけど……」

私がこう言っても、まったく聞き入れてもらえなかった。

ある職員からは「運が悪かったですね……」と半笑いで言われる始末である。

正直者がバカを見る時代

栄は、取り調べで「会社の後ろめたいカネをごまかすのがストレスだった」と検察に言ったという。

この言葉に検察と国税が俄然興味を持ったようだった。

押収された大量の書類は、この原稿を書いている今も、まだほとんど返却されていない。すでに栄は服役しているのに、これまたおかしなことである。

「業務に必要な書類があれば、おっしゃってください。コピーを取っていったんお返ししますよ」

国税の担当者はそう言っていたのに、手続きが煩雑すぎる。

自分の会社の書類なのに、頼むのもひと苦労である。

それにしても、なぜ私が「脱税犯」扱いをされなくてはならないのか。

たしかに日本の建築業は今も現金決済が多く、賃金を日払いにして、その日のうちに支給する現場もまだめずらしくない。

いわば建設業界はドンブリ勘定的なところがあり、急に現金が必要なときのために、それなりの現金をタンス預金にすることもある。

そうしたことに問題があるなら、追徴にも応じようと思っていた。

だが、私は五億円ものカネを横領されているのだ。

「五億円も横領されて気づかないとは、それ以上に儲けているからだろう」

「相当の申告漏れがあるに違いない」

「儲かっているのにきちんと申告していないとはケシカラン」

「表に出せないカネが山ほどあるんだろう」

世間からこう言われるのは、ある意味、しかたないのかもしれない。

もちろん私は検察にも警察にも国税にも協力は惜しむつもりはない。

こちらに悪いところがあれば、訂正にも進んで応じる。

だが、何より栄の捜査をきちんとしてほしかった。

私は、今回の捜査と逮捕は、栄による司法取引だったかもしれないとさえ思い始めている。

「あの社長は私なんかよりずっと〝ズル〟をしてますよ……」

こうして、あることないことをしゃべり、取り調べ担当者に取り入ったのではないのか。

一方で、栄のような泥棒の言葉を真に受ける国税も国税である。検察はさらにそれを利用して私と息子まで逮捕した。

泥棒の話を真に受けるなど考えられない。冤罪が減らないはずである。

「彼らは枠の中で仕事をするから、枠をはみ出した発想ができないですね」

こう言ったのは、私ではない。

消費者金融大手、プロミスの創業者の神内良一氏（故人）が、『税金官僚に痛めつけられた有名人たち』（光文社）の著者、副島隆彦氏の取材に対して明かしたのだ。

「彼ら」とは官僚、「枠」とは法律のことである。

この本によると、神内氏の総資産額は千百四十四億円。「サラ金」というイメージもあってか、国税には相当やられたという。

氏は最終的には「もう財産は残さない」という心境になり、プロミス株を売却して引退したあとは儲からない国際福祉や農業に資産の大半を使ったという。

これは相当もったいない話だが、正直に働いても高い税金を取られるだけならバカバカしくてやっていられないと思う気持ちはとてもよくわかる。

アメリカやイギリスなどの資産家も、「税金を取られるくらいなら出ていこう」と税金が安い国外に拠点を移したり、財団をつくって儲からないビジネスに投資したりする例は多いと聞く。

そうなれば国内の高額納税者が減ることになり、結局は国家の損失になる。日本のお金持ちが海外に出ていけば、日本はますます貧しくなってしまう。

なお、この本の著者の副島氏は、私が敬愛する元外交官で作家の佐藤優(さとうまさる)氏との対談集である『激変する世界を先読みする』と『世界政治　裏側の真実』(いずれも日本文芸社(にほんぶんげいしゃ))を上梓(じょうし)しているほか、多くの著書がある。なかなかおもしろい人だと思った。

また、作家で実業家の邱永漢(きゅうえいかん)氏(故人)は、日本では「お金を持っている人はひどい目に遭って」いるとインタビューで指摘していた。

「日本国内は2種類の日本人だけになる心配があります。毎月13万円を手にする生活保護の受給者と、彼らに選ばれた政治家です」とまで言っている（『NEWSポストセブン』二〇二二年一月十五日）。

そんな日本を私は見たくない。

指名停止処分を受ける

国税の捜査とともに、私たちに大きなダメージとなったのは、会社が公共事業の指名停止処分を受けたことである。

横領に関しては、私や会社の従業員たちは何も悪いことはしていないのに、栄が役員であったために、「元役員が業務上横領の容疑で起訴されたら指名を停止する」とする「指名停止基準」に触れたことで、指名停止処分を受けることになってしまった。

国のほか兵庫県、三木市などいくつかの自治体のホームページの「建設工事等に係る資格制限・指名停止措置状況一覧」（二〇一八年度）に社名を公表されているのだ。

さらに、私の逮捕で指名停止の期間が延びてしまった。

この損害も、本当に計り知れない。

私にとっては、請負金額の高い公共工事も、小さな地元の仕事も、仕事には変わりはない。むしろ大規模でなくとも地元の顔見知りの業者と仲よく仕事をするのは性(しょう)に合っている。

だから、公共工事にはそれほど積極的に参入しておらず、指名停止処分を受けたことですぐに従業員を路頭に迷わせるようなことはなかったのだが、社会的な信用性は失墜してしまった。

「学歴なんかどうでもええ。アホでもカネを持っとったら賢く見える」

子どものころからそう言われて育ち、ウソをつかず、吐いたツバは呑(の)まない（一度言ったことは撤回しない）という信念を持って働いてきたのに、「インチキをした会社」というレッテルを貼られたのである。

これも、私が栄夫婦を許せない理由である。

マスコミの破壊力

「何でもかんでも（引用者注＝横領を）やってるわけやない！　何を言われても仕方ないのは、よくわかってる！」

会社の顧問弁護士の追及に対して、栄がこのように逆ギレしていたことを『週刊文春』（二〇一八年十一月十五日号）が書いている。

栄が逮捕される二〇一八年十月の少し前、この年の七月のことであった。

要するに、自分は安くない給料をもらっていたし、夫も働いているのだから、持っているものすべてが「横領したカネで買ったわけではない」という意味なのだろう。

五億円も横領しておいて、なぜ逆ギレするのかはわからない。

こちらは横領された金額をきちんと把握したいだけである。

「これが噂の〝文春砲〟か……」

私は送られてきた『週刊文春』を読んでつぶやいた。

もちろん扱いは芸能人のように大きくはないが、栄の使い込みについて記事が書かれたことで、私の周辺もどんどん騒がしくなっていった。

マスコミの破壊力はたいしたものである。

神行武彦社長は週刊文春の取材に対し、「実際の被害額は3億円以上のはず」と憤る。

『週刊文春』の記事を紹介する二〇一八年十一月七日の『文春オンライン』は、このように書いている。

思えば当時は、私も三億円程度の被害だと思っていたのだった。

私や息子夫婦が調査を進めていくうちに、次々と新しい事実がわかってきたころでもあった。実際には五億円は横領されているのは間違いない。

横領が発覚したのは昨年（引用者注＝二〇一七年）12月。調査の過程で関係者が目を疑ったのは、北村被告が購入したブランド品の点数と金額だった。２００３年頃から計８１２点、総額は実に2億円以上。

とりわけ北村被告が愛したのはルイ・ヴィトンだった。その購入履歴からは、毎月のようにバッグや時計、服などを数十万円〜数百万円単位で買っていたことが読み取れる。

泥棒がルイ・ヴィトンだけで二億円も使うというのは、「世界初」ではないのか。「文春砲」は、被害の大きさに世間が驚き、それから多くのマスコミがこの問題を報じていくことになるきっかけとなった。

心ない報道

ここでは、栄の事件によって私や家族が受けた報道による被害についても書いておきたい。

第一章でも少し触れたように、栄の横領に最初に指摘したのは、私の息子の妻Mである。

これは事実なので、ある程度は本書でも書かざるをえなかったが、Mは私と同様に一般人であり、こんなバカバカしい事件で注目されることを望んではいなかった。

だが、栄の事件が大きく報道されると、Mの存在もクローズアップされてしまった。そして、「犯行を明るみにした『女と女の修羅場』とは」などとおもしろおかしく紹介されたのだ。これは気の毒でならない。

これは二〇一八年十一月の「ビビット」(TBSテレビ系)の放送内容のタイトルだが、インターネットのニュースで今も読むことができる(二〇一八年十一月十三日付『J-CASTニュース』)。

記事にはこうある。


嫌いな従業員のボーナスを減らし、当時交際していた従業員のボーナスに上乗せするなど、横領のほかにも経理という立場を使って好き勝手やっていた北川容（ママ）疑者だが、別の女性の出現により、それも終わる。

その女性とは、去年（２０１７年）12月から新しく経理に入った社長の息子の妻。北川容（ママ）疑者は「社長の身内扱いはしない。敬語は使わないから」と圧力をかけたが無駄あがきだった。

「見たことのない領収書があまりに多すぎたので、社長に聞いてみたら、そんなところ行ってないと言われた」と女性は話す。

たしかにMの指摘によって栄の使い込みは発覚しているのだが、これは会社の経営の問題であり、「女同士のバトル」のように興味本位のレベルに落としてほしくない。広くもない町で、こんなふうに報道されたら、息子の妻の立場はどうなるのか。また、インターネット上の記事はいつまでも残る。元の記事が削除されても、転載されていれば永久に残ってしまう。

そもそも「おもしろくするためならなんでもいい。誰かを傷つけてもかまわない」

という考えで、おもしろい番組をつくれるわけがない。
その証拠は、視聴率が示しているのではないか。

「横領をするような女性には見えない」

このときの「ビビット」の放送において、当時の出演者だった堀尾正明が「（神行社長が栄を）信頼していたとはいえ、ここまで1人に経理を任せ、税理士や税務署もすべてクリアしていたという構造的なことが信じられない」とコメントしていたことも、記事に書かれていた。

たしかに発覚が遅れたのは私の責任もあるが、正直に言って、「余計なお世話」である。

だが、最もあきれたのは、「ビビット」（二〇一九年二月十五日放映）の「【独占】1億横領の『ミッキーハウスの女』に堀尾正明が直撃　120分に及ぶ激白とは？」と題したインタビューだった。堀尾による栄の単独インタビューである。

おそらく出演の条件として、栄とのあいだで「事件について追及はしない」という事前の約束があったのだと思う。

また、番組への出演を了承しておきながら、収録直前になって「裁判中だから話すなと弁護士に言われた」と急に言い出し、関係者を慌てさせたという話も聞いている。内容は二の次で、ひたすら「事件の当事者にしゃべらせる」ことに徹し、栄のウソばかりの言い分を聞かされただけで終わった。

あの「しゃべり」を信じた視聴者はどれだけいたのだろう。

ざっとまとめると、この日の栄の言い分は次のとおりである。

◎毎日のように何千万円という現金を見ていたので、金銭感覚が麻痺(まひ)していた。ある日、ふとルイ・ヴィトンのバッグを買うと楽しくなり、「ダメだ」と思いながら使い込むようになってしまった。

◎ルイ・ヴィトンの店ではＶＩＰ扱いを受けたことも爆買いに拍車がかかった。買い集めたバッグで気持ちが満たされ、仕事のストレスを忘れられた。

◎ワンマン社長の会社にいて仕事のストレスがたまっていたが、家庭内にもストレスがあった。
◎子どもが小さいころから、夫は仕事や接待ゴルフなどで家に不在がちで、夫婦関係もよくなかった。そんな寂しさやストレスを埋めてくれたのがルイ・ヴィトンなどの高級ブランド品や不倫相手だった。
◎(横領したカネで買った)ブランド品を見ているだけで満たされた。
◎ひとり目の浮気相手と出会って、「初めて愛されている」と思った。
◎不倫旅行はしたが、高額のホテルには泊まっていない。
◎不倫相手との食事は高級店ではない。
◎「ミッキーハウス」は不倫相手との生活のために建てたが、横領したカネではなく自分でローンを組んだ。
◎盗ったのは一億円くらいで五億円も横領していない。
◎(盗んだカネは)働いて返済させてもらって、慎ましくても笑える日が来たらいい。
◎事件以来、娘と会えていない(と涙ぐむ)。

◎テレビ出演は、罪を犯した身で話すことに戸惑いがあるが、今の思いを打ち明けたいと思ってインタビューに応じた。

「ウソつき」とは、本当のことを少しウソに交ぜるというが、まさにそういうことだ。「横領はしているが、五億円も盗っていない」とか、「不倫は認めるが、贅沢旅行はしていない」などと言えば、通用すると思っているのだろう。

もちろん私には通用しない。

まず、「夫の不在」の時間より、己の不在時間のほうが長いのではないか。夜遅く、従業員たちが帰ったあとに、会社のロッカーを開けて金品を盗んでいる姿は、しっかり防犯カメラに写っていたし、そもそも介護休暇と偽ってまで愛人たちとの逢瀬に時間を割いてきたではないか。

栄が東京ディズニーランドの一泊三十万円以上もするホテルに夫以外の男と何度も宿泊し、ルイ・ヴィトンだけでも二億円は使っている証拠をこちらはつかんでいるのだ。ディズニーやルイ・ヴィトンに夫との不仲を癒やしてもらいたければ、自腹を切ればよいだけである。

また、「夫との不仲」を不倫の理由にするわりには、家族を引き連れて高級店に食事に行き、ルイ・ヴィトンのブティックでかなりの数の男物の服や小物を買い、夫に与えている。

しかも、夫をルイ・ヴィトンのパーティーにまで同席させている。

夫のKは、こうした妻の「財力」に対して疑問を持っていなかったと言い張っていたことは前に書いたが、まったく説得力のない話である。

泥棒の言葉を真に受ける

栄はさらに、「社長から信頼されてお金を預かっているうちに邪（よこしま）な気持ちが出てきた」と言うが、あわせて「会社のチェック体制の甘さ」も指摘していた。

完全に「泥棒の言い分」である。

ドアに鍵がかかっていなかったからといって、勝手に侵入してモノやカネを盗って許されるものではない。

だが、堀尾は栄の言葉を真に受けていた。

「億単位のお金を横領した女性には見えないです」

インタビューの感想を聞かれた堀尾はそう言った。

「オドオドしていて、そんな行動力もなさそう」に見えたと言うのだ。

「なんやと？」

私はテレビに向かって怒鳴っていた。

「すごく今までのことを反省していて、普通の五十代の女性という印象です」

「アホかっ！」

私は怒鳴ってテレビを消した。

この番組については、怒りしかない。

出演を拒否されたら番組そのものが成り立たないので、とにかく栄に話をさせるために堀尾はウソ話をすべて受け入れ、かばうような発言までしたとしか思えない。

このインタビュー映像を放送するにあたって、テレビ局から私に対して事前通告もあったが、私はまずは栄からの謝罪を求めた。

「謝るほうが先なのではないか」

私はこう言ったのだが、栄は「社長とは二人で話して謝罪をしたかったのに、謝罪の機会がなかった」と言ったらしい。

そんなわけはない。

横領の発覚後も何度も会社に来ており、機会はいくらでもあった。

謝罪する気などないのに、こういうことをヌケヌケと言えるのが泥棒の根性である。

そもそも五億円など、死ぬまで原発の除染作業をして働いても返済できないだろう。

私としては、栄夫婦には一生笑ってほしくないし、もちろん死ぬまで追跡するつもりだ。

「テレビ局は、おもろければそれでええんやな……」

わかってはいたが、怒りは収まらない。

それに、私は、この番組のあり方自体に疑問がある。

TBSの番組なのに、堀尾が「元NHKアナウンサー」を看板にしているのもどうかと思うし、そもそも堀尾がＮＨＫを辞めたのは二〇〇八年と、十年以上も前のことである。いろいろなことがおかしいのである。

もっとも、このあと堀尾は「不倫疑惑」が報道されて釈明に追われたうえ、「ビビット」は二〇一九年九月末で番組自体が終了している。

「よかったですね。社長の呪いが通じましたねー」

事件を通じて親しくなった記者たちにからかわれたが、冗談でも私の呪いなどではない。

私はそんなしょうもないことはしない。

番組の打ち切りは、「報道」と称してレベルの低いことを続けてきた結果であり、報いである。

栄の取材だけではなく、ほかにもいろいろな問題を抱えていたのだろう。

前提として、今どき朝からテレビを見る者など少なく、視聴率の低さが問題になっているのではないか。

それは、視聴者側の都合だけではない。テレビがつまらなくなってきている証拠だ。

おもしろくしようとして無理な取材をすれば、傷つく人間もいるし、ますます視聴者は離れていく。

なぜ、そんな簡単なことがわからないのだろう。

インターネットは諸刃の剣

これも前に触れたが、産経新聞や毎日新聞をはじめとする新聞、『週刊文春』などはおおむねきちんと取材をしているように思えた。

普通に取材すれば、誰が本当のことを言っているかわかるものである。

それを無理におもしろくしようとするから「ビビット」のようなことになるのだ。

一方で、インターネットの記事は怖いと思った。

営利目的ではないので、無責任にいろいろな人がいろいろなことを書いている。

全部を見たわけではないが、ほとんどが「ビビット」の放映内容に批判的で、「犯人（＝栄）をかばっている」という指摘が目立った。

だが、「社長も怖そう」とか「(使い込みの)発覚が遅れたのは、(栄が)社長の愛人だったからじゃないのか」とか心ない書き込みも少なくなかった。

栄が私の愛人というのは、絶対にないことを明言しておく。

反論するのもバカバカしいくらい腹の立つ話である。

インターネットは、良いことも悪いことも増幅させる諸刃（もろは）の剣（つるぎ）であることがよくわかる。

栄の事件は、いろいろな不満を募らせる女性の視聴者たちの嫉妬を買うには十分であっただろう。

「夫婦関係が悪い」とか「ワンマン社長に腹が立つ」くらいの理由で会社のカネを億単位で着服し、そのカネで若い男と不倫し、ブランド品を買ったり家を建てたりするのは、どう考えてもおかしいからだ。

普通はここまで「有名人」になってしまえば、確実に「居場所」はなくなるものだが、栄とその家族は生き残るのであろう。

これも、私には納得できない話である。

第五章 逮捕

執行猶予は三年

「主文。被告人を懲役一年、被告会社を罰金千二百万円に処する。なお、この裁判確定の日から三年間、その刑の執行を猶予する」

二〇二〇年一月二十七日、神戸地裁。岡本康博裁判官は、このように判じた。法人税法などの脱税容疑の事件の第一審判決である。

被告人は私であり、被告会社は以前私が代表取締役を務めていた会社であった。

判決の日、私は法廷には行かず、自宅で弁護団の連絡を待っていた。傍聴席は、日刊紙のほか怪しげな記者らしい（？）者などでほぼ満席だったというが、報道の扱いは小さかった。

たとえば翌日付けの毎日新聞は、こう報じている。

脱税の元社長　猶予付き判決

約8800万円を脱税したとして法人税法違反などの罪に問われた三木市の土木工事会社「S」（引用者注＝原文は実名）の元社長、神行武彦被告（61）に対し、神戸地裁（岡本康博裁判官）は27日、懲役1年、執行猶予3年（求刑・懲役1年）を言い渡した。同社には罰金1200万円（同・罰金1600万円）を命じた。

判決によると、神行被告は2013〜18年に、売上金の一部を除外するなどして税務署に虚偽の確定申告をし、計約8800万円の法人税などを免れた。同社は、元経理担当役員の女性＝19年に業務上横領罪で実刑判決＝から14〜17年に約1億4000万円を横領され、公判で、神行被告は「会社にお金がたまらなかったため」と動機を述べた。

岡本裁判官は「経営者の務めを果たしていれば、横領が発生し、被害が拡大することはなかった」と指摘した。一方で「既に修正申告し、社長を辞職している」として執行を猶予した。

ほぼ想定内の判決ではあったが、納得しているわけではない。反論したいことは山ほどあった。だが、会社の経理は、たしかにドンブリ勘定的なところはあった。ここは素直に受け入れ、これからの教訓としたいと思っている。

泣き寝入りはしない

栄を刑事告訴していなければ、私の逮捕もなかったはずだ。

この逮捕と有罪判決によって、私はみずから創設した会社を追われ、会社も半年間もの公共事業の指名停止を受けるなど、多くのものを失うことになってしまった。新たに銀行口座を開いたり、クレジットカードをつくったりすることもできない。何より四十二日間の勾留を含め、弁護士との打ち合わせ、栄とその家族に対する法的措置、マスコミ対応などで、カネだけでなく多くの時間も費やしている。

カネは働けばまた入ってくるが、「あの泥棒一家」のためにムダづかいさせられた時間は取り戻すことができない。

逮捕されるとわかっていたら、私は栄を告訴などせず、五億円を取られたまま泣き寝入りしただろうか。
今でも、ふと思う。
たしかに高い「授業料」ではあったが、学ぶところもあったと思いたい。
それに、私は栄とその家族を許せなかったし、今も許せてはいないのである。
これも、いわば必然であった。
そう思わなければ、やっていられないではないか。
裁判の最終弁論で、弁護団は次のように主張した。

本件が捜査対象となった直接のきっかけは、被告人及び被告会社が巨額の金員を横領された業務上横領の事件で北村緑を神戸地方検察庁に告訴したところ、その北村緑が業務上横領事件の取調べの際に被告人及び被告会社による脱税の事実を告げたことによるものである。

これは先にも書いているが、すべては栄の横領から始まっている。このことは、な

んとしても裁判官に伝えたかった。

刑事訴訟法には、いわゆる公益通報者保護法における通報者保護規定に類する告訴した者を保護する規定は存在しない。しかしながら、大きな被害を受けた被害者が、何らかの法令に違反している場合に、その違反行為で糾弾、訴追されることを恐れて（または加害者よりその旨脅されて）、受けた大きな被害について告訴できない状態に陥ることは、被害者に泣き寝入りを強要し、事件を公にできないことで不当な被害を拡大させることにつながりかねない。いわゆる脛（すね）に傷を持つ被害者であれば、何をしても不問に付されるような理不尽は、この成熟した現代社会において到底容認できるものではない。

被告会社及び被告人は、巨額の金員を横領された被害者として、勇気をもって、告訴し、北村緑は、既に指摘したとおり、実際に総額約1億円の業務上横領の事実で起訴され、懲役4年6月の実刑判決を受けた。

栄の裁判での被害額は少なすぎたが、私が黙っていたら、栄らの家族の犯罪が明るみに出ることはなかったのだ。

これは、許されることではない。

検察への怒り

私と息子が、神戸地方検察庁に法人税法違反などの疑いで逮捕されたのは、二〇一九年十一月十四日のことであった。

息子はその後に不起訴処分となったが、十四日は例によって会社や自宅に朝から多くの職員がやってきて大規模な家宅捜索をしている。

前年十月の栄の逮捕の直後に国税がやってきて、文字どおり「しっちゃかめっちゃか」にして行ったことは先に書いたが、逮捕までは考えていなかった。

この件は、すでに認めるべきところは認め、修正申告にも応じていたし、私にも息子にも前歴はない。そもそも身柄を拘束するような事件であるはずもないのだ。

そんなバカな話があるか……。

私は怒りに震えながら身柄を拘束され、それから四十二日ものあいだ、弁護人以外との面会も許されず、神戸拘置所で過ごすことになる。

逮捕には納得できないことばかりであったが、とくに検察官の強引な逮捕と情報漏洩、取り調べのレベルの低さなど、とにかくあきれるばかりであった。

まずはマスコミへの情報漏洩について書いておきたい。

たとえば産経新聞は、私が逮捕された日の午後六時過ぎには、「8000万円脱税、ボクシング元チャンプ所属ジムの後援会長ら逮捕」と大々的に報道していた（https://www.sankei.com/west/news/191114/wst1911140032-n1.html）。

法人税約8000万円を脱税したとして、神戸地検特別刑事部は14日、法人税法違反容疑などで、兵庫県三木市の土木建築会社「S」（引用者注＝原文は実名。以下同）前社長、神行（かんぎょう）武彦（59）と長男で元役員、Y（引用者注＝原文は実名）（36）の両容疑者＝いずれも同市別所町東這田（ほうだ）＝を逮捕し、大阪国税局と合同で関連先を家宅捜索した。地検は、認否を明らかにしていない。
関係者によると、武彦容疑者は、ボクシング3階級制覇の元世界王者、長谷川穂積氏が所属していたジムの後援会長を務めていた。さらに同社では昨年（引用者注＝二〇一八年）、元経理担当者の女に約1億円を着服される横領事件が発覚。女が着服したとされる金で建てた家は外壁にミッキーマウスがあしらわれていたことから「ミッキーハウス」と報じられ、武彦容疑者は被害者としてテレビ出演するなどし、女の不正を繰り返し訴えていた。

武彦容疑者ら2人の逮捕容疑は、平成30年（引用者注＝二〇一八年）4月までの4年間、建物の解体工事で生じる鉄くずのスクラップを売却した一部を本来の売り上げから除外する手口で、法人所得3億4700万円を隠し、法人税8700万円を免れたとされる。

武彦容疑者は今年9月に同社社長を退任した。関係者によると、ジムの後援会長のほか、兵庫県建設業協会（神戸市）の理事を務めるなど地元の名士として知られていた。Y容疑者は1月に役員を退任した。

Sは平成元年に設立。土木工事や解体工事業を手掛け、30年4月期の売上高は約16億6000万円。

もし、この記事を勾留中の私が読んでいたら、怒りとショックで血圧が上がって死んでいたかもしれないが、幸か不幸か、勾留中は自分に関する報道は入手できない。知ったのは保釈されてからのことである。

新聞記者がいくら優秀だとしても、朝のできごとを、その日の夕方にここまでくわしく書けるわけがない。

検察が逮捕情報を漏らしているのだ。私がそう思っても不思議ではないだろう。

検察や警察による情報漏洩については、過去に何度も問題になっているが、いっこうに改められていないのは、なぜなのか。

たとえば二〇一〇年十二月から服役していた鈴木宗男（すずきむねお）議員の翌二〇一一年十二月の仮釈放の日程について、家族や関係者が知るよりマスコミが先に報道したことは、当時も大きな問題となったこの件については、鈴木議員が当時代表を務めていた新党大地の所属議員だった浅野貴博さんが記者会見を開き、「仮釈放については家族も党も何も知らされておらず、取材の対応に苦慮した」と批判している（「BLOGOS」二〇一一年十二月二日記事『鈴木宗男受刑者の仮釈放を家族が知る前に記者クラブメディアが報道』 https://blogos.com/article/25962/）

さらに、浅野さんは国会に「法務省における情報管理のあり方に関する質問」として質問主意書も提出しているが、回答は守秘義務の存在を確認しただけであった（http://www.shugiin.go.jp/internet/itdb_shitsumon.nsf/html/shitsumon/b179088.htm）。

簡単な秘密も守れないのに、誰かを取り調べるというのは、あまりにも危険である。

「何としても犯罪を作り出す」

これまでも鈴木議員や、元外交官で作家の佐藤優さん、元厚生労働省局長の村木厚子さんなど、検察にひどい目にあわされた人はたくさんいる。鈴木議員らは著名人なので堂々と批判することができたが、被害があっても声を上げる手段がない人は、もっとたくさんいるだろう。

そもそも検察が私を狙ったのは、栄の取り調べでの虚言を真に受け、私と鈴木議員、あるいは私と地元の地方政治家たちとの「癒着」を疑ったからだ。

佐藤さんも、私と同じ体験をしていることは、ベストセラー『国家の罠　外務省のラスプーチンと呼ばれて』(新潮社)に書かれている。

検察は何としても私と鈴木氏の間に犯罪を作り出そうとし、猟犬の如く嗅ぎ回ったのである。しかし、東京地検特捜部は犯罪を作り出すことができなかった。

私も、佐藤さんとまったく同じ体験をした。

実際に、私と息子は、私が脱税で起訴された二〇一九年十二月五日に自動車の物損事故に関して保険金約二百万円をだまし取ったとして、詐欺容疑で再逮捕されている。

さらに、その後も談合での逮捕、勾留を視野に私と会社、関係者への取り調べや事情聴取が続けられた。

ちなみに『国家の罠』では、取り調べ検事だった西村尚芳（二〇二〇年退職）が談合について話しているところがおもしろかった。

談合というのは日本の文化なんで、絶対になくならないんです。本気で価格競争で叩き合ったら会社ももたないし、それに手抜き工事が起きたりして、みんなが迷惑するんです。みんなやっていることなんですが、これは違法なんで、見つかったときはガタガタ言わないで『ゴメンナサイ』と言って頭を下げてしまえばいいんです。

駐車違反といっしょなんです。ですから『駐車場がないのがおかしい』などといった言い訳をしても無駄なんです。

こんなことは当たり前のことであり、日本人の大人なら、大半が知っていることである。

だが、それを取り締まる側の検察官が言うのは、どういうことなのか。どう考えても、今の日本はおかしい。

失われた人間関係

結果としては、私も息子も談合での逮捕はなく、保険金詐欺も不起訴になった。有罪判決を受けたのは、私の脱税の裁判だけである。

だが、大きく報道されたために、今でも「脱税と詐欺の極悪人」と思われていることはあるようだ。

逮捕を機に、私との関係をなかったことにしたい人間も少なくなかった。

「神行さんが不起訴になっているというなら、証拠を見せてほしい」

三木市の第十七代消防長の藤原秀行がこう言っていると、人づてに聞いた。私に直接言うのならまだわかるが、なぜ他人に言うのだろう。

そもそも検察が不起訴にしたからといって、公的な文書を出すとは聞いたことがない。また、マスコミは私と息子の逮捕は大々的に報じているが、不起訴処分については小さく報じただけである。これも大きな問題だと考える。

三木市は小さな街ではあるが、神戸市に隣接していて、それなりに発展してきた。地域住民が助け合い、信じ合って暮らすのは当たり前ではないか。もともと藤原とは旧知の間柄であったが、消防という重大な職務の長がこんな態度では情けない。

一方で、私の逮捕後も変わらずに親しくしてくれる人もたくさんいることには、心から感謝している。

栄とその家族によって、多くのカネや時間は失ったが、人の絆（きずな）のありがたさを確認できたことは収穫といえる。

「一日一時間」の取り調べ

逮捕後、私の勾留日数は四十二日間に及んだが、取り調べの時間はトータルで四十時間であった。

それ以外は、ひたすら独居房に閉じ込められていた。長期間の勾留など、ただのいやがらせである。

収監されていた神戸拘置所は、山の上にあって、夏でも寒い。未決囚が凍死して、遺族に損害賠償が認められたことすらある（「週刊金曜日オンライン」二〇一一年九月二十九日記事『拘置所収容男性の死因は「凍死」――神戸地裁が国に賠償命令』 http://www.kinyobi.co.jp/kinyobinews/2011/09/29/拘置所収容男性の死因は「凍死」――神戸地裁が/）。

とにかく逮捕と起訴については、すべてのことがストレスとなった。

私は高血圧を抑える薬を飲んでいたが、その差し入れも遅れていた。ストレスで血圧が上がり、もう少しで生命も危うくなるところであった。

取り調べ検事の沖慎之介（おきしんのすけ）は、もともと私の脱税には興味はなく、私と政治家の関係から「大物」の逮捕を狙っていたようであった。私の親族の冠婚葬祭には国会議員を含めて多くの名士が来てくれていたし、栄のウソの証言もあるので、勾留して叩けばホコリが出てくると思ったようだ。

明らかな別件逮捕である。

神戸拘置所のような寒くて不自由なところに閉じ込めておけば、贈収賄事件のひとつでもしゃべると思ったのか。

ちなみに保釈されてから沖についてインターネットで調べてみたら、あえてここでは紹介しないが、ひどいことがたくさん書かれていた。

もっとも私についてもいいことは書かれておらず、インターネットで日ごろの鬱憤を晴らしたい人が多いことには驚いた。

「取り調べって何なんですか?」

本書の執筆のために何冊か本を読んだが、意外におもしろかったのは、あの学校法人森友(もりとも)学園前理事長の妻・籠池諄子(かごいけじゅんこ)さんの『許せないを許してみる　籠池のおかん「300日」本音獄中記』(双葉社(ふたばしゃ))である。

籠池夫妻は、国の補助金など計約一億七千万円をだまし取ったとして詐欺罪などで逮捕されたが、殺人でもないのに勾留が三百日にも及んでいる。鈴木議員や佐藤さんと同じだ。

この本で籠池さんは安倍晋三総理（当時）を「裸の王様」と評しながら、昭恵夫人との仲はいいらしく、夫人から「琵琶湖の竹生島に行ってました。そこの滝のところに龍がいて、その龍を見た時、籠池さんだと思ったんです。籠池さんご夫妻は大きな使命がおありなんだと思ったんです」と言われたと書いていて、ちょっと驚いた。

おもしろいのは、取り調べの検事が私と同じ沖だったことである。

籠池さんの本は、弁護団の指示で毎日つけていた「被疑者ノート」を一冊にまとめたものだが、それによると、沖ほか四人の取り調べ検事は、「へらへら、ちゃらちゃら」と「不真面目な態度」で取り調べをし、籠池さんを「くそばばあ」「大阪のおばちゃん」と面と向かって言ったという。

具体的には書かれていないが、籠池さんは沖の『取り調べ方』に辟易」しており、浅沼雄介検事は、「はじめからへらへらと笑いながら、『2日間、沖（の取り調べ）はどうでしたか――』」と言っていたという。

「先生、取り調べって何なんですか？」

籠池さんは、弁護団に宛ててこう書いている。

沖は籠池夫妻の取り調べで成果を上げられなかったので、神戸地検に左遷された……との説もあるほどだが、こんな「へらへら、ちゃらちゃら」した取り調べが許されるはずもない。しかも、すべて税金である。

沖は、「大阪のおばちゃん」をシメれば、安倍総理の逮捕を狙えるとでも思ったのか。だとすれば畏れ多いとしか言えない。

検察官は、議員や弁護士など「バッジ」をつけている者を逮捕してナンボということらしい。私のような者を狙うのも、私から鈴木議員や三木市長などの逮捕を狙おうとしたからだ。

沖は、論告求刑公判で、私のことを徹底的に断罪したようだった。

「へらへらとした取り調べ」をしている自分のことは棚に上げ、私のことは人でも殺したような糾弾ぶりである。


（略）被告人は、被告人が脱税して作ったいわゆるプール金を、経理担当職員に横領されていたなどの事情を挙げ、被告人にとって酌むべき事情があるかのように主張するものの、そもそも被告人方から脱税した金員がどのように使われるかは、すでに犯行が完成した後の一事情であって、情状上の評価にも何ら影響もない。

ここは、今も私が検察や国税とわかり合えない点である。

栄の長年にわたる多額の横領に気がつかなかった私も悪いが、バレないからといって会社のカネを好きに使うことが許されるはずもない。

だが、沖は私の脱税を「犯行態様は巧妙」であり、「悪質」と断じたのである。私の「悪質さ」など、栄の百億分の一ほどでもないと思うのだが……。

脱税事件は、国家の租税収入を直接的に減少させるとともに、国民一般に不公平感を生じさせて同種犯行を誘発しかねず、国家の財政的基盤のみならず申告納税制度をも揺るがしかねないものであることから、脱税事犯が厳しく処罰されることを社会的に周知せしめ、同種事犯の発生を防止するという一般予防の見地からも、被告会社及び被告人に対しては厳しい処罰で臨むべきである。

一般論としても飛躍がありすぎるが、刑事裁判は裁判長が理解できるように細かく書かなければならないそうで、そこから「へらへら」と逸脱してしまったのかもしれない。

既に修正申告の上、本税分について納税済みであること、被告人及び被告会社に同種前科がないことなどの事情を最大限考慮しても、なお、被告会社及び被告人に対しては、厳しい処罰が必要である。

論告は、こう結ばれていた。

「厳しい処罰」が本当に必要なのは、誰なのか。

栄の横領が発覚してから、私はずっと考えている。

第六章

教訓

不良にはならない

私は一九五九年十一月二十六日に兵庫県三木市別所町で生まれ、現在も事務所と自宅をこの町に構えている。両親はすでにないが、実家は代々の精米店で、米のほかタバコや雑貨なども商っていた。

神戸市に隣接し、兵庫県の南部、東播磨（ひがしはりま）地方に位置する三木市の歴史は古い。

今は神戸のベッドタウンとして知られるが、自然に囲まれた住みやすい街である。

一方で播州（ばんしゅう）と呼ばれる播磨地方一帯は不良の産地でもあり、私もかなりのヤンチャ坊主であった。

播州は言葉もきつく、別に怒ってはいないのに「何を怒っているのか」と聞かれてしまうような話し方である。

私は知らなかったのだが、作家の車谷長吉（くるまたにちょうきつ）（故人）は飾磨（しかま）市（現・姫路（ひめじ）市）に生まれ、テレビやラジオに出るときもバリバリの播州弁だったという。

　この車谷は作家として有名になる前は旅館の下足番などをしていたという。旅館で地元の大物ヤクザの靴をそろえたときに、「あんたのようなええ若い者(もん)が、なんでこんなところで下足番しとんや」と一万円のチップをもらったことがあると、著書に書いていた。

　要するに播州というところは、ヤクザが身近にいる街なのである。

　それだけヤクザを近くで見ていたため、逆に私はヤクザにはならなかった。

　なぜなら、ヤクザには立派な侠客(きょうかく)もいるにはいたが、そうでない者のほうが圧倒的に多いのである。

　この「自分は不良にはならない」という選択は正しかったが、じつはヤンチャばかりしていて、高校を中退してしまった。

　誓って言うが、私は子どものころから弱い者いじめをしたことはない。

　後輩が他校の生徒にいじめられたと聞いては飛んでいき、仕返しで相手をぶちのめすスタイルである。

　また、勉強はそこそこでもスポーツはなんでも得意で、とくに陸上は強かった。むしろじっとしているのが苦痛だったほどである。

中学の国体といわれる全国中学校体育大会では、二〇〇八年の北京オリンピックに出場した尾縣貢と百メートルハードル走を競ったことは、今でも自慢である。

近くの加東郡滝野町（現・加東市）出身の尾縣は、当時から将来を嘱望されており、高校でも対決する予定だったが、私が中退したせいで、かなわないまま終わってしまった。そうして私はしかたなく東京の親戚にしばらく世話になることになった。

そのあとに生コンクリートの製造や配送、建築などを手がける村岡生コン建設という会社に採用された。

今は生コンの製造もすべてコンピュータで制御されているが、当時はもっと荒っぽい仕事で、荒っぽい男たちばかりが働いていた。

というか建設業界全体が男の世界なのだから、社長からして荒っぽいのである。

ヤクザの知り合いもけっこういたようだが、社長は、仕事はできる人であった。おかげで私も仕事をきっちり教えてもらえて、二十八歳で独立した。一九八七年のことである。

ダンプ一台からのスタートで、当時は社名を「神行建設」としていたが、一九八九年に社名を変更して現在に至っている。

建設業は天候に左右されて作業ができないことも多いので、すぐに解体業も手がけるようになった。

また、解体後の廃棄物を再利用するリサイクルプラントもつくり、産業廃棄物の中間処理業務なども自前で行っている。

最近では、太陽光発電機器の販売や不動産賃貸業なども好調である。

こうして思いつくことはどんどんやってきた。

会社をつくってから、ずっと大きくするのに必死だったのである。

また、プライベートでは、二十歳のときに結婚した。

私よりひとつ年上で、二〇一三年に亡くなった恵子である。

もともとは友だちの友だちで、彼女は短大を卒業したばかりであった。

今は晩婚化が主流だが、当時としても早いほうだったと思う。

「ひとつ年上の女房は金の草鞋で探しても持て」と言われるように、とてもよくできた妻であった。

とかくなんでも大盤振る舞いの私に対し、妻は何ごとにも控えめで、仕事ひと筋の私に代わって家庭をしっかり支えてくれていた。

子どもにも恵まれ、楽しい家庭であったが、私は多忙を理由に家族サービスはほとんどできなかったので、寂しい思いもさせてきた。

妻に「そんなに働いて、会社を大きくして、どうするの？」と聞かれたこともあったほどである。

妻にガツガツしたところは微塵(みじん)もなかった。

少し早めに引退して、二人で国内外をのんびり旅行でも……と考えていたのに、残念ながら晩年は病気がちになり、先に逝ってしまった。

妻の通夜には業界関係者などたくさんの方が弔問に来てくださったことは、今でも感謝している。

思えば、私は仕事ひと筋で突っ走ってきて、振り返れば失敗ばかりである。

私に代わって家庭を支えてくれた妻を亡くし、栄夫婦にせっかく稼いだカネを使い込まれ、国から税務調査を受け、行政から工事の指名停止処分まで受け、あげくに脱税で逮捕までされてしまった。

また、栄夫婦以外にも、少なくない人間に裏切られている。

それでも、多くの人に助けられて、ここまで来ることができたのである。

これには、感謝しかない。

なお、妻については、ちょっと不思議な体験もしたので、書いておきたい。

妻の遺影は、私の両親の遺影とともに自宅の仏間に飾ってあるのだが、あるとき、不思議なことに気づいた。

妻の遺影だけが傾いているのだ。

「おかしいな？」

遺影が動くほどの地震などは起こっていないし、もしそんな地震があれば両親の遺影もともにズレているはずだ。

すぐに元に戻したが、翌日になると、またズレている。

「おふくろ、何か怒ってるんかな？」

息子も首をかしげていたが、その後も何度かズレていることがあった。

それからほどなくして栄の使い込みが発覚したのである。

妻があの世から警告してくれていたのだと思えてならない。

そして、結果としては亡くなった妻と両親は、しっかり天国から私たちを守ってくれたと思う。

億単位の使い込みがあったのに会社は倒産しなかったばかりか、事件後はむしろ業績はかつてないほど好調なのだ。

建設作業や解体業は危険と隣り合わせのことが多く、労働災害も起こる。

生命にかかわる仕事でもあるせいか、私はときどき不思議な体験もしているのだが、これは本当に不思議なできごとであった。

地域とともに生きる

この町で生まれ育ち、働き、稼がせてもらっていることから、私は町内や町の寺や神社にはなるべく寄付をさせてもらうなど貢献もしてきたつもりだ。

とくに神社仏閣は好きで、中国で仏像を彫ってもらって奉納させていただいたりしている。

臥せっていた妻の病状が一時的に軽くなったときにも、大きな観音像をつくらせてもらった。

もちろん、ご利益を期待しているというよりは、純粋に神社仏閣が好きなのだが、栄のような女にひどい目にあわされても会社が安泰だったのは、神仏の加護もあると思う。

会社の倒産とは、従業員と私だけの問題ではない。

取引先から従業員の家族まですべて巻き込むことになるのだ。

従業員の子どもたちが進学できなければ、その子どもたちの将来までつぶしてしまうことにもなりかねない。

私はすでに社長の座を退いたが、後継者たちには栄の事件を教訓に、会社を守ってほしいと伝えてある。

そして、地域活動としては二〇一一年から「特定非営利活動法人（NPO法人）三木げんき村」を立ち上げ、地元の祭りの応援なども続けてきた。

鯉に癒やされる

私にとっては、鯉も大切な家族である。

錦鯉は趣味と実益も兼ねて育てており、とても楽しい。

錦鯉というと、新潟や長野が有名だが、兵庫県内にもすぐれた養鯉（ようり）業者が名を連ねている。

鯉の魅力とは、単純に美しいこともあるが、なかなか思いどおりに育たないところもおもしろいのだ。一腹（ひとはら）から三十万個から百万個ほどとれる卵のうち、美しく育つのは多くても百尾程度で、品評会で上位を取れるのは一尾いるかどうかである。

発色やツヤ、模様以上に大切なのが体形で、泳ぐ姿が美しくなければならない。もちろん水や餌にも気を配る。

また、遺伝の系統も重視されている。

仮にその年に優勝した鯉をつがいにしても、いい鯉が生まれるとはかぎらない。何代にもわたって系統を管理していかなければならないのだ。

さらに、成長の早い鯉と遅い鯉がいて、稚魚のころはそうでもなかったのに、五、六年ほどたったら美しくなることもある。

そういう難しさがおもしろいのだが、品評会レベルではなくても鯉たちはかわいい。

朝起きると、私はまず鯉たちの様子を見に行く。自宅の庭と会社の入り口の池にはたくさんの鯉がいて、みんな私が来るのがわかると近寄ってくる。

今、どれくらいいるのか、もはや把握できないが、それなりの数を育てている。

そして、品評会でもそれなりの評価をいただいてきた。

会社の事務所に飾られたトロフィーは私の宝物である。

朝といっても午前四時か五時。冬などはまだ暗い時間帯に起きて、寒さの下で池をのぞく。それぞれの鯉たちを、元気か、病気をしていないか……と確認する。

子育ては妻に任せきりであったが、鯉の面倒はちゃんと見ている。

もっとも鯉だけではなく犬や猫など生き物はなんでも好きだ。魚も好きで、釣りにも行くが、鯉の美しさは別格だと思う。

また、たくさん生まれた稚魚たちが少し大きくなってきたところで保育園や幼稚園、役所の池などに寄付する活動も続けてきた。

子どもたちが楽しそうに池をのぞき込んでいるのを見ると、私の心も和む。

こうしたボランティア活動は、これ見よがしにすることではないと思ってきたが、マスコミに紹介されて思わぬ反響をいただくこともあった。

たとえば二〇一六年四月二十一日付の神戸新聞は、次のように書いてくれた。

三木市にニシキゴイ110匹　市内の建設業者　市役所の池に放流

三木市別所町東這田、建設業「S」（引用者注＝原文は実名）の神行武彦社長(56)が20日、ニシキゴイ110匹を市に寄贈し、市役所南側入り口前の池に放流した。神行社長は「来庁者に和やかな気持ちになってもらえたら」と話していた。

同社は敷地内などに約1万匹のニシキゴイを育てており、これまで市役所のほかに市内の学校園にも寄贈。今回は会社設立30周年ということもあり、池の水をきれいにする浄化槽も贈った。

放流には井上茂利副市長や市職員約50人も参加。池に放たれたニシキゴイは優雅に泳ぎ回っていた。中には体長77センチの大物も含まれ、早速写真を撮る来庁者もいた。

また、二〇一四年と二〇一七年には、二〇〇四年の中越地震で壊滅的な被害を受けた新潟県長岡市の錦鯉養殖組合青年部から三木市に鯉を送る橋渡しもしている。贈呈の際には、私が理事を務めるNPO法人「三木げんき村」のメンバーも多数参加し、中越地震の被災地と三木市の絆が強まったと思う。

鯉の養殖で知られる山古志地域（旧・山古志村）の復興のPRが目的であったが、やはり神戸新聞が報じてくれた。

「社長、新聞見たで？」

「お、見てくれた?」

「たいしたもんやなあ」

記事が出ると、しばらくはこんな電話が続く。

別に誰かにほめられたくてボランティア活動をしているわけではないのだが、大切にしている鯉が紹介されるとうれしいし、地道な活動でも評価されると、やはり励みになるものである。

世の中にはカネを持っていても、他人のために使う人はほとんどいない。たくさん稼いで社会に貢献するのが本来の生き方だと、私は思う。とくに今回は他人のカネを自分のために使う人間にひどい目にあわされたわけだが、高い授業料であった。栄とその家族には、いずれ天罰が下るだろう。

私の刑務所改革案

栄の裁判について、起訴の内容、量刑とともに問題があると考えているのが、刑罰と刑務所のあり方である。

刑務所が「更生の場」として機能していないことは、今までいろいろなところで指摘されてきた。

何度も懲役に行く「累犯者」が多いのは、ムショに入れられても反省しないからだ。なんのために刑務所はあるのかと思っていたが、刑務所の「目的」は、法律では決まっていないのだそうだ。

日弁連のパンフレットには、「その人が再び罪を犯すことのないように教育する目的（教育刑の考え方）」と「罪に対して報復をする目的（応報刑の考え方）」があるとしている。

「罪を犯した人もいずれ社会に復帰するのなら、『応報』よりもむしろ、その人が二度と罪を犯すことのないように教育することがより重要ではないでしょうか」と、あくまでも「社会復帰」を前提にしている。

私は、これには異論はない。

刑務所に行っても立派に社会復帰している人もたくさんいる。

そのために刑務所でしっかり反省してほしい。

だが、これだけでは、「償い」の観点が抜けている。

「盗んだカネを返してほしい」という被害者の気持ちはどうなるのだろうか。

殺人事件の遺族も、家族を返してほしいと思っているだろう。

それが無理なら、これもせめてカネで償うべきではないのか。

税金で刑務所に収監し、三食つきの生活をさせるだけでは、被害者や被害者遺族への償いとは言いがたい。

私は、時給に換算すれば十円にもならないような刑務作業などムダだと思う。

福島の原子力発電所の除染作業だけでなく高所や暑熱、寒冷環境での作業、粉塵（ふんじん）や騒音、振動が出る作業など人がいやがる作業はいくらでもある。

こうした人がいやがる作業をさせて賃金を発生させ、それを本人に渡さないで被害者や被害者遺族に払わせるようにすべきである。

そして、働いて得た額が被害額に見合うまで出所させるべきではないと思う。

ＰＦＩ刑務所への疑問

この原稿を書いている現在も、栄は服役している。

高倉健主演の映画『網走番外地』に出てくるような、足を鎖でつなぐような過酷な刑務所はもう日本にはない。

それどころか、いかにも快適そうな施設ばかりが報道されている。

そして、栄は警備など一部の運営を民間に委託しているＰＦＩ（Private Finance Initiative、官民協働）刑務所に収容されていると聞き、非常に残念に思っている。

名称も刑務所ではなく「美祢社会復帰促進センター」（山口県美祢市）である。

ＰＦＩ刑務所とは、「公共施設等の建設、維持管理、運営等を民間の資金、経営能力及び技術的能力を活用して行う新しい手法です。これにより、低廉かつ良質な公共サービスの提供、公共サービスの提供における行政の関わり方の改革、民間の事業機会を創出することを通じた経済の活性化が期待されます」（島根あさひ社会復帰促進センターの公式ホームページ）と説明されている。

現在は、この島根あさひ社会復帰促進センター（島根県浜田市）のほか喜連川社会復帰促進センター（栃木県さくら市）、播磨社会復帰促進センター（兵庫県加古川市）、そして美祢社会復帰促進センターの四カ所がＰＦＩ刑務所として運営されている。

このＰＦＩ刑務所では、刑務官不足対策として民間の警備会社の警備員を配置し、ＩＣタグをつけた服と監視カメラで受刑者の位置を管理しているのも特徴だというが、ほぼ完全個室で鉄格子がないという。

だが、それより舎房（個室）は冷暖房完備で、テレビやベッド、机と鍵つきの棚があると聞いて怒らない人はいないのではないか。

まるでビジネスホテルである。

食事も、いわゆる「臭いメシ」とはまったくの別物である。

「すみやかな社会復帰を目指す」ために、シャバと変わらないものが出されるという。

朝食はトーストやハムエッグ、焼き魚とごはんと味噌汁、昼にはハンバーガーやカレー、夜にはとんかつやエビフライなども出る。

これらがすべて税金でまかなわれているのだ。

罪人に、こんな施設が必要であろうか。

なお、本書に推薦文を寄せてくれた鈴木宗男参議院議員は、喜連川のＰＦＩ刑務所に収監されていた。

鈴木議員によると、喜連川の施設の風呂は温泉から引かれているという。

「北海道出身の私は寒さに強いし、民間運営はほかの刑務所よりはマシかもしれないが、やはり罪人として扱われるのはつらかった」と明かしている。

鈴木議員は収監中に東日本大震災（二〇一一年）も経験しており、気苦労は絶えなかっただろう。

だが、これは刑務所の問題ではなくて「冤罪」という検察と裁判の問題である。

正真正銘の犯罪者である栄には、せめて凍死者も出る神戸拘置所のような山奥の寒い施設で頭を冷やし、罪を反省してほしい。

そして、使い込んだカネをすべて返すまで出てきてほしくないのである。

今の刑務所では更生などできない

私は見ることができなかったが、二〇一九年八月二日に、「今日、刑務所を出ます～やり直したいオンナたち～」というタイトルのフジテレビの密着取材が関東限定で放送されたという。

フジテレビはその親友から一億四千万円を騙し取った女サギ師が刑務所を出所した直後から取材していたが、それから半年を経ても被害者への弁済はもちろん謝罪すらしていなかった。

テレビカメラは、ひとり暮らしの部屋で缶ビール（発泡酒ではない）を何本も飲みながら「自己破産を考えている」と語る女をずっと追っていた。

「やっぱりなあ……」

知り合いの記者から話を聞いた私は、うなずくしかなかった。

出所後の栄の姿も容易に想像できる。このテレビの「サギ師」の女より、隠したカネで豊かに暮らせるはずだ。

刑務所というところは、刑務官の指示どおりに黙って動いていれば、いずれ刑期が満了する。朝起きて食事をし、刑務作業をして食後は雑談とテレビの生活で更生など望めるわけはないのだ。

ＰＦＩ刑務所のような異常に快適な施設であろうと、一般の刑務所であろうと、改悛の情など湧くわけがない。

服役中に、「被害者に申し訳ないことをした」と思える者はまずいないだろう。栄は、出所後も会社から盗んだカネで家族と悠々自適の生活を送り、やはり死ぬまで私に謝罪することはないだろう。そんなことが許されるわけはない。

私は絶対に許さない。

ムショに風呂はいらない

最近は防災や刑務官らの労働環境の整備などの観点から、刑務所の統廃合や新築工

事が進んでいるという。

私は、これ自体はいいことだと思う。建物が老朽化していると、大規模火災など近隣に被害が出ることもあるからだ。

新築にあたって提案したいのは、「浴槽」の廃止である。

刑務所や拘置所では、真夏でも風呂は一日おきで、最後に入るには勇気がいるほど汚いと聞く。

入る順番は交代で変わっていくというが、そんな不衛生な環境で「反省しろ」と言われてもできないだろう。

なぜ、「浴槽」にこだわるのかがわからない。不衛生なだけである。

シャワーの数を増やし、夏場は毎日使わせるようにしたほうがいいのではないか。

今では入浴に介助の必要な高齢者も多いと聞く。

要介護の収容者については、湯に浸からずに、座ったままでシャワーを浴びて洗体ができるシステムにしてはどうか。

税金を使っているのだから、刑務所や拘置所の運営もより効率的にすべきだと思う。

一方で、少子化により少年院や少年刑務所に入る子どもたちが減っており、閉鎖される少年院も多いという。

ただし、子どもたちの数は減っても、罪の「質」は変わらない。

むしろ悪質になっているようだ。大麻など違法薬物の案件は増加しているし、「振り込め詐欺」の出し子（だしこ）は未成年なら捕まっても罪が重くないので、大学生なども気軽に引き受けるのだという。

「建設現場で一日働いて汗をかいても、一万円くらいにしかならないけど、振り込め詐欺なら銀行に行って引き出してくるだけで二、三万円になる」

振り込め詐欺の片棒を担ぐ子どもたちは、こう考えているそうだ。

たしかに最近は建設関係の職人になりたいという子どもは少なく、親たちもいい顔はしない。

少し前までは「手に職をつける」ことはとても重視され、「一生食いっぱぐれはない」と言われていたのだが、今や職人ではなかなか食っていけないのが現状だ。

とくに建設業界は若い者にとって魅力がない。

だからといって、一所懸命に働くより犯罪のほうが楽……と思ってしまうのは問題である。

栄夫婦がまさにそうなのだが、このように考える人間が日本で増えているということかもしれない。

たしかに犯罪も発覚するまでは楽であろうが、バレればそこでおしまいである。少なくとも、栄夫婦の地獄行きは決定である。

犯罪に手を染める前に、なぜ気づかないのだろうか。

そんな人間が増えてほしくない。

どこでも起こるいじめ

刑務所が更生の場ではないことの証明として、刑務官の人手不足がある。離職率が異常に高いという。

法務省によると、採用から三年未満で離職する刑務官は二〇一八年で二二・一パーセント、二〇二〇年では一八・五パーセントだ。二割近くが辞めているのだが、女性刑務官は二〇一八年で三七パーセントが辞めているという。

辞職理由の大半は同じ刑務官によるいじめだという。いじめられている刑務官に、受刑者たちが「先生（刑務官のこと）に、この仕事は向いてないと思う」などと進言することもあるらしい。

刑務所や拘置所も「役所」であることがよくわかる。

ピラミッド型の組織のもとで、末端がいじめられているのを見て、「真人間になれ」と言うほうが難しいのだろう。

なお、刑務所と拘置所の収監者数は、女性は男性の十分の一程度だという。人数が少ないので、施設も男性より少ない。また、女子刑務所には、男性のような「長期刑」「短期刑」などの区分はない。

「初犯」か「累犯」かという「犯罪傾向」では分けられるが、栄のような泥棒から子殺しまで同じ刑務所なのだという。

女性のほうが事件を起こさないのはいろいろ理由があるだろうが、「起こしたあと」

のことを考えるからではないのか。

その点、栄は何も考えていない。

自分が服役したことで、家族が世間で後ろ指を指されたり、いじめにあったりしても、まったく気にならないのだろう。

「さすが生まれながらの泥棒やな」としか言いようがない。

社長がみずから働く会社

「五億円も盗られて、なぜ会社が大丈夫なんですか？」

栄の事件が報道されてから、いろいろな人にこう聞かれてきたことは先にも書いた。

理由は、いくつかある。

まず、栄がいっぺんに五億円を抜き取ったわけではない。

二十年近くにわたって、あらゆる方法で抜き取ってきたのである。

一度に五億円ものカネを盗むのは、大企業であっても不可能であり、成功したとしても、その瞬間に会社はつぶれてしまうだろう。

また、栄が社内の互助会の積立金など「すぐには使わないカネ」に手をつけていたこともある。

取引先への支払いや従業員たちの給料などは、むしろ多めに引き出しては横領していたが、会社の運営に目立った支障はなかったのである。

ただし、「請求からしばらくたっているのに振り込みがない」という問い合わせは何度かあった。もちろん私がこれを知ったのは事件の発覚後である。

このようなトラブルがありながらも、会社が存続し、むしろ業績が上がっているのは、社長である私がしっかり働いてきたからだと自負している。

私は二〇一九年九月に会長職に退いたが、社長時代は朝の六時には現場に出て重機を操縦していた。

会社の運営が落ち着くまでは、現場に携わろうと思っていた。

社長たる者、従業員をこき使うだけこき使って、自分は汗をかかずに涼しい部屋でのうのうとしていてはダメだ。

経営者がみずから働くことで、従業員の手本となり、やる気を起こさせなくてはならない。

そうしなければ、誰もついてこない。

もちろん社長が早起きをいとわず働き、ビジネスチャンスを逃さずにがんばったところで、トラブルは必ず起こる。

栄のような横領事件だけではなく、二〇〇八年のリーマン・ショックのような自業自得とは言えない問題も出てくる。

だが、普段から社長が一所懸命にやっていれば、すぐに肚をくくって、そのときにできること、なすべきことを的確に考えられるはずだ。

会社とは、経営者だけのものでも、従業員だけのものでもない。

取引先や家族を含め、みんなの運命共同体である。

だから、人任せにせず、みんなで守っていくべきなのだ。

むしろ私はみんなもっと働くべきだと思う。

今どきの「ブラック企業」のような、上司の暴力や、うつや過労死など健康を損ねるほどの残業は論外だが、働くべきときにしっかり働いて、休むべきときには休めばいい。

私の会社でも週末には福利厚生として従業員たちと釣りを楽しんだりもしている。

だが、最近の政府の動向は、「なんでもいいから、とにかく休め」の大合唱である。

「働き方改革」への疑問

私は長年、自民党を支持してきたが、個別の政策には賛成できないこともある。そのひとつが「働き方改革」である。

そもそも「働き方改革」とはなんなのだろうか。

厚生労働省のホームページでは、「『働き方改革』は、働く方々が、個々の事情に応じた多様で柔軟な働き方を、自分で『選択』できるようにするための改革」としており、首相官邸のホームページでは、「働き方改革は、一億総活躍社会実現に向けた最大のチャレンジ」としている。

全国民が活躍できるように、長時間労働の是正、同一労働同一賃金の実現、高齢者の就労促進を掲げているのだ。

この背景について、厚生労働省は、

我が国は、「少子高齢化に伴う生産年齢人口の減少」「育児や介護との両立など、働く方のニーズの多様化」などの状況に直面しています。

こうした中、投資やイノベーションによる生産性向上とともに、就業機会の拡大や意欲・能力を存分に発揮できる環境を作ることが重要な課題になっています。

「働き方改革」は、この課題の解決のため、働く方の置かれた個々の事情に応じ、多様な働き方を選択できる社会を実現し、働く方一人ひとりがより良い将来の展望を持てるようにすることを目指しています。

とある。ちょっと読んだだけでは、わかりにくい。

たとえば私のように現場で汗をかいて働くことと、空調がきいた部屋でパソコンを使って働くことは同じなのか。

また、外国人労働者はどうか。

日本に来て一所懸命に働き、稼いで故郷に送金したい人たちは多い。どんどん働いてもらって、見合った賃金を払えばいいのではないのか。

海外の若者は、日本の若者より研修に時間やカネはかかるが、私のもとにやってくる外国人労働者諸君は、とても真面目に働いている。

不景気とはいえ、まだ日本の円は強いので、本人たちもやりがいはあると思う。

なぜ国を挙げて「時短」をそこまで進めなくてはならないのか。

休ませなければ罰金？

「働き方改革」の関連法が施行されたのは、元号が平成から令和に改まる一カ月前の二〇一九年四月一日であった。

労働基準法や労働安全衛生法など八つの法律がまとめて改正され、「長時間労働の是正」や「同一労働同一賃金」など日本の労働の問題点を克服するという。

私の会社のような中小企業に法律の一部は猶予されているが、五年後には小さな規模の企業にもすべての法律が適用される見込みだという。

「働き方改革」の関連法では、建設業などに関係が深い労働安全衛生法も大きく改正されているが、注目されているのは年休（年次有給休暇）を取らせないことへの罰則規定である。

「働き方改革」では、年に五日間の年休を取らせない会社に三十万円以下の罰則を科している。

この規定には猶予はなく、すべての企業に適用されるという。

経営者だけではなく、従業員たちも理解して年休の消化や残業の短縮に努めるように……という趣旨のようだ。

従業員ひとりあたりの額なので、年休が取れない従業員が十人いたら、最高で三百万円の罰金を徴収される計算になってしまう。

しかも、一度払えばいいだけでなく、翌年も消化できなければ、また徴収される。

もちろん最高額が三十万円なので、実際にはそこまではいかないかもしれないが、いずれにしろ休みを取れない会社に対するペナルティーにしては高すぎはしないか。

私は、これにとても違和感があるのだ。

もっと働きたい

「働き方改革」が進められる背景には、日本の少子高齢化がある。

少子高齢化のスピードは世界的に見ても異常に早いらしい。

日本の人口が減り、労働力もどんどん減っていくなかで、高齢者や子育て中の女性もみんなが「効率的」に働けるよう法的な整備をしようというのが「働き方改革」であり、「一億総活躍社会」なのだという。

それならば、時短ではなく、「みんなでもっと働こう」「危機的な日本を救おう」となるのではないか……と私のような素人は思うのだが、なぜ罰則までつけて「休め」と言うのだろうか。

私は、この意味がまだ理解できないでいる。

厚生労働省では、「中小企業・小規模事業者における『働き方改革』実現に向けた対策」として、以下のような個別の支援を掲げている（カッコ内は引用者が補足）。

①人手不足への対応の支援
②社内で取り組むことができる雇用管理の見直し等の支援（残業規制や非正規雇用者の処遇）
③生産性向上のための支援（賃上げなど）
④外部環境等、取引条件改善のための支援（時短の妨げになっている取引など）
⑤業種別の取組（業種の特徴に応じた支援）

まずは「お役所から」でいかがか

なるほど、「働き方改革」は理想ではあるが、私たちのような小さな会社では難しい。

まさに絵に画いた餅である。

とくに私たちのような建設業は屋外作業が中心で、雨や強風の日は作業ができないことも多い。そのために、決まった休日を設定するのは難しい業種なのだ。

今は業界全体として日曜と祝日は近隣への騒音対策などで作業は原則休みとしているが、平日に雨が降ることもあるので、そうなれば作業ができる日が減ってしまう。

もちろんある程度は天候による工期の遅れを想定して計画を立てるが、そこにさらに「時短を推進しろ」「残業を減らせ」と言われても、難しいとしか答えようがない。

また、企業だけでなく、お役所が業務の効率化を進めるべきではないのか。

中央も地方も議員や役人の数が多すぎる気がするし、それゆえにムダな仕事が増えていると思う。

経済学者などは、「国際的に見ると、日本は政治家や公務員の数は少ない。〝小さな政府〟が実現できている」と言っているようだが、これは現場を知らないと思う。

私には、適正な役人の数はわからないが、行政の手続きなどに携わる人数が多すぎるとは思ってきた。工事の申請書類の確認などに、とても時間がかかる。もっと手続きの簡素化ができないのだろうか。

それがくしくも証明されたのが、二〇一九年秋の台風である。

このときも、前年に続いて台風が猛威を振るったが、とくに十月の台風十九号は関東甲信越を中心に被害が大きかった。

とりわけ関東周辺は十二日がピークといわれ、交通機関の計画運休や各種イベントの中止が報道されていた。

私はあとで知ったのだが、ある野党の女性議員が霞が関の職員たちに前日の十一日の深夜まで仕事をさせていたことが、インターネットで問題になっていた。

夕方から国会の質問の準備を整え、ピラミッド型の省内の各部門を回って決裁をもらい、最終的に文書をまとめたら、すでに終電はない時間である。

帰宅できず、霞が関の周辺は夜間に営業している店は少なく、あっても台風で閉店している。しかも翌日は交通機関が計画運休だ。

「炎上」を受けて、この議員は釈明に必死だったようだが、「なんでウソつくんですか？」「そんなに霞が関の役人が憎いですか？」などと、「省庁職員」を自称する者が書いたために、見ていた第三者たちもおもしろがって、ネットで広まったようだ。

もともと霞が関の残業は恒常的と聞く。

とくに国会答弁の準備をするのは徹夜作業もめずらしくなく、今回はたまたま台風だから目立っただけであろう。

私だったら、絶対にこんなことはさせない。

国会と小さな建設業とは規模はまったく違うが、台風が来るとわかっているのに残業させるなど愚の骨頂ではないか。帰宅難民になったり、帰り道に事故が起こったりしてからでは遅いのだ。

最近は、中央省庁のキャリア官僚の覚醒剤使用や過労死自殺がたびたびニュースになっているが、こうした無理な残業も一因なのではないか。

何かにつけて国会議員の顔色をうかがい、省内の各部署で決裁をもらうという方法ではムダが多いのではないか。省力化はできないのだろうか。同様に、地方でも「人の手」がかかりすぎているなと思うことは多い。

しかも、この女性議員は「働き方改革」の推進に熱心だというから、ますますどうなっているのかわからない。もうこれで「働き方改革」の正体見たり、である。国会と、お役所ができないこと（＝時短）を国民に押しつけるというのでは説得力はない。

まずは、国会とお役所から労働時間短縮を進めれば、国民にも浸透するだろう。たとえば、現在はかなり定着している週休二日制も、最初は官公庁からだったと聞いている。

当時は「国民が働いているのに、お役所が休むとはけしからん」との批判が多かったそうだが、そのうちに「お役所が休みなら、ウチも休もう」と流れが変わっていったという。

まずは国会議員が役人や国民に長時間労働をさせないことから始めてはどうだろう。その前に議員と役人の数も減らしてはどうか。

「まずは国の歳出を半分にして、公務員などの人員数も半分にする。それを2年間で実行するぐらいの荒療治をしないと。今の延長線上では、この国は滅びます。（略）参議院も衆議院も機能していないので、一院制にした方がいい。もっと言えば国会議員もあんなに必要ないでしょう。町会議員とか村会議員もそう。選挙制度から何から全部改革しないと、とんでもない国になります」

あのユニクロの柳井正ファーストリテイリング会長兼社長の言葉が波紋を呼んだが、そのとおりだと思う。

柳井氏は、『日経ビジネス』（二〇一九年十月十四日号）で、「私はそんな日本についてあきれ果てているけれど、絶望はできない。この国がつぶれたら、企業も個人も将来はないのですから。だからこそ大改革する以外に道はないんですよ」と、日本をあきらめていないことを強調していた。

本当にそのとおりだと思う。

このままでは日本はどんどん悪い方向に行ってしまう。

おわりに

横領事件を二度と起こさないために

「社長、ローソンの横領事件はどう思われます？」

栄の事件で知り合った記者から聞かれたのだが、私はまったく知らなかった。

記者によると、二〇一九年八月にローソンのＩＴ担当の従業員が取引先と結託して九年間で約四億三千万円を横領していたことが公表されたという。

うちの会社と同じで、経理をその従業員にほぼ任せていたことで、チェック機能が働いていなかったようだ。

「へえ……。似たようなこともあるんやなあ」

「じつはけっこう横領事件は起こっているんです。二〇一六年には、北陸の製紙会社の子会社で、十年で二十四億円以上を使い込んだ総務部長が逮捕されていますよ」

今まで興味がなかっただけで、こうした横領事件は何度も起こっていたのだ。

「警察庁の発表では、業務上横領や単純な横領の事件は、まだ毎年千五百件くらいは起こっていますが、表沙汰になるのは少ないようです」

「千五百件も?」

「数十万円程度の事件も含めてですけどね。横領犯を雇っていたなんて会社の信用にもかかわりますから、伏せていたいのでしょう」

記者の説明を聞き、なるほどと思った。

世間であまり公にされないから、同じことが起こってしまうのだ。

こうした横領事件が二度と起こらないよう、やはり私は自分の栄の事件を世に知らしめなければならないと、あらためて思った。

記者に調べてもらうと、たしかに百万円から億単位まで多くの業務上横領事件が起こっていた。

「犯人」は、役所や企業の責任ある立場の幹部ばかりで、使い道はほとんどが遊びのようだ。いくつかは、「横領は生活費のため」とした事件もあったが、事実かどうかはわからない。

また、最近では六十六歳の女性が外国人に騙されて勤務先から数カ月で一億円以上を着服して送金していた事件もあり、「国際ロマンス詐欺」という妙な名前がついていた。

男に騙されるのは勝手だが、会社のカネを盗ってまで貢ぐ気持ちはわからない。

そういう私も「五億円を使い込まれた男」として有名になってしまった。マスコミ的には「おいしい話」である。

私も他人の事件であれば、テレビを見ながら「アホやな、こいつ。もっと早うに気づけや……」と笑っていたかもしれない。

だが、私は被害者としてマスコミ対応や検察、国税の捜査に追われ、脱税で逮捕までされ、心身ともに疲れてしまった。

栄緑は、私からカネだけではなく取材や裁判にかかる時間、そして社会的信用も奪い、私がこの原稿を書いている今もヘラヘラ笑いながら規則のゆるいＰＦＩ刑務所で過ごしているのだろう。

経理という仕事を軽んじたせいで横領のきっかけをつくってしまったことは私の不徳のいたすところであるが、これらをすべて公表することで中小企業の経営者など多くの方の参考にしていただきたいと思う。

二〇一九年に還暦を迎えた私は、九月に社長職を退き、逮捕まで会長の立場にあった。還暦には「還る」の文字もあるとおり、「生まれ直す」「生き直す」の意味もあるという。私も還暦前後にひどい目にあったが、生き直して「人生百年時代」をあらためて生き抜いていきたいと思う。

繰り返しになってしまうが、本書は、事件について多くの方の教訓にしていただきたいと思って世に出した。

横領の被害を受けている経営者はたくさんいる。私が被害についてテレビで話したときも、四人もの知人から「実はウチも（横領を）やられています」という連絡をもらった。知人たちは私のような「やぶへび」になることを恐れて、泣き寝入りするしかなかったと明かしてくれた。

私の場合も、刑事告発は損害のほうが大きかったが、それでも泣き寝入りだけはしたくなかった。

こんなことは二度とあってはならない。事件が風化しないように書き留めておきたいと、神戸拘置所で凍えながら考えていた。

なお、検察の問題については、鈴木宗男参議院議員ほか多くの方がすでに書かれており、素人の私が書くことでもないとも思ったが、沖慎之介検事についてだけは書いておきたかった。多くの検察官は難関を突破してきたエリートで、職務に忠実だと思う。

だが、沖検事は違った。私という「被害者」を「加害者」に仕立て上げたのである。

今回のことは、私にも落ち度があり、それは素直に認めて修正申告にも応じている。だが、沖検事は私を不当に拘束しておきながら、取り調べでは脱税には触れず、談合や政治家とのことばかり聞いてきた。明らかに別件逮捕であるが、さらに無関係の息子まで四十二日間も拘束した。ハムラビ法典の「目には目を」ではないが、「罰」は犯した「罪」と同程度でなくてはならない。沖検事は明らかに逸脱しており、今でも怒りしかない。

書きたいことはまだまだあるが、ひとまずペンを置く。

最後に、お読みいただいたみなさまには心より感謝申し上げたい。

なお、刊行にあたり、編集してくださった株式会社清談社 Publico の畑祐介代表取締役社長にはこの場を借りて御礼を申し上げる。

また、こんな事件がありながらも会社に残ってくれている従業員にも感謝している。

そして、三十年以上の親交がある鈴木宗男参議院議員に推薦文をいただいたことにも感謝している。

鈴木議員も、身に覚えのないことで投獄されるという最悪の状況から生還し、現在も再び参議院議員として活躍されている。

本書が読者のみなさまの参考になれば幸甚である。

令和三年二月一日

神行武彦

年譜

1959年11月26日	筆者、神行武彦出生
1962年9月1日	北村緑出生
1987年	土木一式工事の請負等を営む「神行建設」を設立
1989年	神行建設を社名変更、株式会社化（以下、たんに「会社」と記す）
1999年3月	栄（旧姓・北村）緑、会社にパートタイム社員として入社
2001年ごろ	栄の横領と爆買いが始まる
2013年11月	会社の関連会社である有限会社U代表取締役を務めていた筆者の妻が死去 Xが会社に入社
2014年	栄、有限会社Uの取締役に就任（以前より会社、有限会社Cの取締役にも就任） 栄、小野市内にミッキーマウスで埋めつくされた「ミッキーハウス」を約4500万円で建設

2014年2月　ゆうちょ銀行の会社名義の通常貯金口座から現金230万円の払い戻しを受けて横領

2014年8月　車両購入代金300万円を横領

2014年10月～17年9月　栄が取締役を務める有限会社Cに振り出された同代表取締役Y名義の小切手の支払い分のうち約2800万円を横領

2014年12月～17年5月　兵庫県信用組合三木支店から筆者名義または有限会社U代表取締役栄緑名義で振り出された小切手の支払い分約6600万円のうち6回にわたり3699万円を横領

2015年4月　兵庫県信用組合三木支店から振り出された筆者名義の小切手の支払い分3000万円のうち約1000万円を横領

栄の夫、K、大手建設機械メーカーの関連会社を定年退職。その後も非正規雇用として雇用は継続

2015年10～12月　会社および関連会社の役員と従業員を会員とする互助会「ひまわり会」の積立金300万円を横領

2016年4月　兵庫県信用組合三木支店から振り出された筆者名義の小切手の支払い分3000万円のうち約1000万円を横領

２０１６年12月	Ｘが会社を退職、のちに栄と新会社、株式会社ＭＫＲを設立
２０１７年９月	三木市内、みのり農業協同組合別所支店から振り出された筆者名義の小切手の支払い分３００万円を横領
２０１７年10月	会社の取引先企業から集金した約５００万円を横領
２０１７年11月	兵庫県信用組合三木支店から振り出された有限会社Ｕ代表取締役栄緑名義の小切手の支払い分５００万円のうち約３００万円を横領
２０１７年12月	筆者らの指摘に対し、栄が３０００万円の横領を認める
	一方で、栄はこの日から横領したカネで買ったブランド品などをネットで売り始め、土地を購入
２０１８年２月７日	栄に対し、会社の役員と有限会社Ｕの代表取締役の役職を解任
	栄がＫと離婚、復姓して「北村緑」となる
２０１８年３月５日	この日を最後に栄が出社せず、筆者らと連絡を絶つ
２０１８年３月16日	会社、栄を懲戒解雇
２０１８年４月24日	神戸地裁が栄の破産手続き開始を決定
２０１８年８月	筆者が関係各社に栄らの事件について通知書を送付
２０１８年９月	筆者らが「横領額は5億円を超える」として栄を刑事告訴

２０１８年10月11日　神戸地検特別刑事部、会社と関連会社の互助会「ひまわり会」の積立金計３０
０万円を横領したとして、栄を業務上横領の容疑で逮捕、起訴
その後も再逮捕が繰り返される

２０１８年12月13日　栄の初公判開廷

２０１８年12月14日　捜査終結。神戸地検特別刑事部の捜査による横領金額の合計は約１億４２
５万円

２０１８年12月27日　会社、役員の起訴により兵庫県などから「平成三十年度建設工事等に係る指
名停止」処分を受ける

２０１９年２月15日　栄、ＴＢＳテレビ系「ビビット」に出演し、堀尾正明の独占インタビューを受
ける

２０１９年４月　神戸地裁、判決公判。栄に懲役４年６月の判決を言い渡す。栄は控訴せず、
刑が確定
Ｋ名義の家を会社が購入

２０１９年11月　筆者、法人税法違反容疑などで逮捕

２０２１年２月　筆者、執行猶予付き有罪判決確定

5億円横領された社長のぶっちゃけ話

2021年4月9日　第1刷発行

著　者　神行武彦

ブックデザイン　HOLON
本文DTP　友坂依彦

発行人　畑 祐介
発行所　株式会社 清談社Publico
〒160-0021
東京都新宿区歌舞伎町2-46-8 新宿日章ビル4F
TEL:03-6302-1740　FAX:03-6892-1417

印刷所　中央精版印刷株式会社
©Takehiko Kangyo 2021, Printed in Japan
ISBN 978-4-909979-04-9 C0095

本書の全部または一部を無断で複写することは著作権法上での例外を除き、
禁じられています。乱丁・落丁本はお取り替えいたします。
定価はカバーに表示しています。

清談社
Publico

http://seidansha.com/publico
Twitter @seidansha_p
Facebook http://www.facebook.com/seidansha.publico